Reanimo
Band 1

Gernot Werner Gruber

REANIMO

Das unendlich komplizierte Leben der Leiche Ötzi

Band 1

Edition
RAETIA

Mit freundlicher Unterstützung der Kulturabteilung der Südtiroler Landesregierung

AUTONOME PROVINZ BOZEN SÜDTIROL
PROVINCIA AUTONOMA DI BOLZANO ALTO ADIGE
Deutsche Kultur

Edition Raetia, Bozen 2017
1. Auflage
ISBN 978-88-7283-606-4
ISBN E-Book 978-88-7283-619-4

Grafisches Konzept: Typoplus
Druckvorstufe: Typoplus
Lektorat: Verena Zankl
Korrektur: Ursula Schötzig
Foto Autor: Erico Boldrer
Coverfotos: Foto Postkarte Ötzi-Rekonstruktion: Rekonstruktion by Kennis © Südtiroler Archäologiemuseum/Augustin Ochsenreiter. Foto Postkarte Drei Zinnen: Eva Simeaner. Foto Kalaschnikow: Singulyarra/Shutterstock.com. Foto Roter Stern: Erik Svoboda / Shutterstock.com. Foto Smiley Magnet: Imagine Photographer / Shutterstock.com. Foto Kühlschrank: patpitchaya / Shutterstock.com. Foto Fotorahmen: Kindlena / Shutterstock.com. Foto Zeitungsschnipsel: rzarek / Shutterstock.com

Anregungen an info@raetia.com
Unser gesamtes Programm finden Sie unter www.raetia.com

La cosa più seria della vita è la morte. Ma non più di tanto.
Die ernsteste Sache im Leben ist der Tod. Aber auch nicht besonders.

Italienisches Sprichwort

Prolog

Es kommt vor, dass man im Schlaf sich dem Tod nahefühlt. Und mit dem Tod kannte er sich aus. Das war sein Thema, ein Leben lang. Nicht aber er selbst, sondern seine Patienten, die er Klienten nannte, hatten darin Erfahrung. Die Kollegen bezeichneten sie als *UO* samt Nummer. *UO* stand für *Untersuchungsobjekt*, was allerdings zu lang war für die kleinen Kärtchen am großen Zeh. Zudem brachte das Kürzel eine angenehme Distanz zu den Klienten und, was noch viel wichtiger war: zum Tod. Schließlich waren Pathologen auch nur Menschen.

„Vor allem jetzt im Ruhestand", dachte er sich, als er gerade wieder aufwachte. Kurz davor war er eingenickt über dem Versuch, seine Memoiren zu schreiben. Was sich als deutlich anstrengender herausstellte als angenommen und ihn regelmäßig zum Fluchen brachte. Bei einer Flasche Lagrein hatte er sich dazu überreden lassen. Er war zu sehr der Korrektheit verpflichtet, immer schon. Sonst wäre er wohl auch nie Chef der Pathologie in einer Provinzhauptstadt geworden. Versprochen ist versprochen.

Für große Memoiren hätte sein Leben eigentlich nicht gereicht. In der Rolle des Leichenbeschauers im öffentlichen Dienst in der Provinz wurde er zwar manches Mal zu lokal aufsehenerregenden Fällen gerufen: Unfälle, Morde oder Leichenfunde, alles jedoch global und gesamtwissenschaftlich betrachtet absoluter Kleinkram, nichts, mit dem man auf internationalen Kongressen glänzen konnte. Wäre da nicht vor zweieinhalb Jahrzehnten ein Urlauberpaar auf einem Gletscher vom Weg abgekommen und hätte damit sein zukünftiges *UO 1228* beim Auftauen gestört. Durch diesen Fund war der Pathologe im letzten Karrieredrittel zum Mumienexperten wider Willen geworden. Darüber konnte er immer noch nur den Kopf schütteln.

Nach einigen Wochen der Auseinandersetzungen wegen der Staatsangehörigkeit einer Leiche, die aus einer Zeit stammte, in der es noch keine Staaten gab, hatten einige Meter Steine, Schnee und Eis den Lebensweg des Pathologen geändert.

Für die moderne Weltordnung und die lokale Verwaltung hieß es zunächst abzuklären, warum der Tote so tot war und nicht ordnungsgemäß verwest in einem Friedhof. Hinzu kamen die meldeamtlich absolut notwendigen Merkmale wie: „Seit wann?“ und die primäre Katalogisierungs-Frage: „Wer ist das überhaupt?“ Die Frage nach dem Todeszeitpunkt war dank moderner Technik am einfachsten zu klären. Er lag über 5300 Jahre zurück. Das wiederum machte aber zusätzliche Feststellungsnotwendigkeiten schwieriger. Sämtliche Fragen rund um die Leiche beflügelten nicht nur die Medienfantasien rund um den Globus, sondern sämtliche Wissenschaftszweige der Archäologie, der Medizin und aller verwandten Hilfswissenschaften. Mit der Zeit war die Sache auch für den Pathologen zu einer Passion geworden.

Und bei der Pensionierungsfeier schüttelte er einige Hände mit viel Freude zum hoffentlich letzten Mal. Schleimige Kollegen, noch schleimigere Lokalpolitiker sowie eine Armee an unfähigen Managern des Krankenhauses, sie alle ließen ihn kalt. Der tägliche Blick in das Antlitz des Todes in all seinen

Formen hatte ihn abgebrüht. Nur in dem Moment, in dem er sich in die Hightech-Kühlzelle des extra für den Mann aus dem Eis adaptierten Museums begab, um sich von der Mumie zu verabschieden, gönnte er sich zwei Tränchen. Er wurde wehmütig. Für einen Moment war ihm, als hätte sie mit beiden Armen nach ihm gegriffen. Der Abschied schmerzte ihn.

Und nun das Schreiben der Memoiren. Das hatte natürlich zur Folge, dass er sich erneut jede Nacht den Kopf zermarterte: „Haben wir alle Fragen geklärt? Gibt es etwas, das wir ganz zu Beginn hätten machen sollen und das den Lauf der Dinge verändert hätte? Habe ich in all den Jahren irgendetwas übersehen?" Wie in Trance trommelte er diese Gedanken durch sein Gehirn. Als wäre es eine Treibjagd nach Erkenntnissen. Viele dunkle Hirnwinkel gab es da nicht mehr, in die er nicht schon unzählige Male hineingeschaut hätte.

Die Fortschritte der Genforschung, die hinzugekommen waren, inklusive der Sache mit den Stammzellen, beschäftigten ihn vor allem in den ersten Wochen und Monaten seines Rentnerlebens, und da er noch äußerst fit für sein Alter war, ging er an den Fundort der Gletscherleiche und nahm Schnee- und Eisproben, systematisch, so lange, bis er Reste einer aktiven Stammzellengruppe fand. Ein Blutstropfen hatte den Weg in eine tiefe Eisschicht gefunden und war dort in einer Vakuumblase schockgefroren. Bei den darauffolgenden Versuchen im Labor hatten nur drei dieser Zellen überlebt. „Nur mehr drei übrig ...", dachte der Pathologe, als sein Handy klingelte.

Dimitri stand auf dem Display. Der Pathologe spürte einen Stich in seiner Leber, als wäre sie vor Schreck zusammengezuckt. Bevor er abhob, stärkte er sich noch rasch mit einem Bissen feinsten Apfelstrudels. Den holte er sich in der täglichen Rentnerroutine vormittags aus der besten Konditorei der beschaulichen Provinzhauptstadt.

„Towarischtsch, Genosse!", begrüßte er in vollem Stimmvolumen den Anrufer.

„Dobraje utra", antwortete der Moskauer Molekularbiologe.

Wieder zuckte die Leber des Pathologen, als wollte sie sich hinter den Nieren oder anderen Organen verstecken. Dimitri war ohne Zweifel sein größter Albtraum. Ein Jahrzehnt war es her, seit sich die beiden kennengelernt hatten. Der Pathologe und der Molekularbiologe hatten damals einen interessanten Austausch über die modernsten Konservierungstechniken am Beispiel des Eismannes und des deutlich rezenter verstorbenen Wladimir Iljitsch Uljanow, beide besser bekannt als Ötzi und Lenin. Der Tod des balsamierten Revolutionsführers hatte weder den Pathologen noch den russischen Molekularbiologen besonders traurig gestimmt, aber beide hatten damals schon darüber fantasiert, wie es wäre, wenn sie den Mann aus dem Eis wieder zum Leben erwecken könnten.

Stattdessen hatten sie in der Lobby eines 2-Sterne-Hotels einen anderen aufwendigen Versuch gestartet. Dabei ging es darum, den Verteilungsraum, also das Gesamtkörperwasser beider Herren, auszuloten. Das spontane Untersuchungsdesign sah vor, eine unbekannte Anzahl an 2-cl-Dosierungen eines in der Gegend stark verbreiteten Kartoffeldestillates zu resorbieren. Leider wurde vom Barkeeper, der ebenso spontan am Versuch teilnahm, die Anzahl nicht dokumentiert. Bald waren nur mehr zwei Organe in den nicht mehr aufrecht gegenübersitzenden Körpern aktiv und liefen auf Hochtouren. Sie oxidierten, was das Zeug hielt.

Was den Pathologen damals extrem verwunderte: Am nächsten Tag war Dimitri wieder fit, er steckte all das problemlos weg, und obwohl er deutlich älter war, hatte er die Blut- und Leberwerte eines jungen Mannes, wie er ihm versicherte. Die Erklärung lieferte Dimitri beim fünften alljährlichen Follow-up-Meeting inklusive Versuchsreihe mit dem Kartoffeldestillat. Sein Gesundheitszustand sei der Tatsache geschuldet, dass Dimitri seit über fünfzig Jahren das mit seinem Professor entwickelte *Belka-Strelka-Serum* einnehme.

Dimitri war noch ein junger Student und mit seinem Professor in das Geheimprojekt *Rettet Wostok 2* involviert gewesen. Nachdem drei Jahre zuvor der Weltraumhund Laika in der zweiten Kurve – sprich Erdumrundung – aus den Pfoten gekippt war, musste sich das Sowjetsystem mit allen Mitteln erst wieder neu beweisen.

So kam es, dass der junge Dimitri von seinem Professor zwangsverpflichtet wurde und sich mit ihm gemeinsam eines Nachts nichtsahnend im Institutslabor um neue Methoden zur Destillation samt Direktverkostung kümmerte. Weit nach Mitternacht hämmerte plötzlich jemand an die Tür. Mit einem Schuh. Als der Professor die Tür öffnete und einen ehemaligen Mitschüler desselben Jahrgangs vor sich stehen sah, traute er seinen Augen kaum.

„Nikita? Was machst du hier mitten in der Nacht?“

„Ich brauche deine Hilfe“, sagte der Mann und kam dem jungen Studenten Dimitri irgendwie bekannt vor. Der nächtliche Besucher schien besorgt und begann darüber zu klagen, dass es nur noch drei Wochen bis zum Start der nächsten „behundeten“ Raumfahrtmission sein würden. Ein zweites Desaster mit einem allzu schnell verendenden Köter wäre ein

Rückschlag. Dimitri hatte die Politik und deren Zusammenhänge nie wirklich verstanden, daher mochte er auch diesen Lenin nicht, um den er sich später zu kümmern hatte. Aber trotzdem klingelte es nun bei dem jungen Studenten. Während er sich weiterhin um den Überlauf kümmerte, versuchte er unbemerkt dem Gespräch zu folgen, das schlussendlich ins Stocken geriet: Der Professor kratzte sich am Hinterkopf und der Besucher zog sich, am Laborboden sitzend, den rechten Schuh wieder an.

Es waren nicht nur die kleinen Gesten großer Männer, die für diese Ruhe sorgten, sondern auch die pure Ratlosigkeit. Der oberste Funktionär der Union der sozialistischen Sowjetrepubliken hatte sich den Kern des Problems von seinem Sohn, dem Raumfahrtingenieur Sergej, erklären lassen: Eine Erdumrundung bestehe – so hätten die Ingenieure herausgefunden – aus einer praktisch reinen Kurvenfahrt. Dazu seien aber Vierbeiner nicht idealtypisch geeignet, da immer zwei der vier Beine eine bereits andere Position im Kurvenradius erreichten als die beiden anderen.

Als Nikita Chruschtschow die Problemlage in groben Zügen ausgeführt hatte, brauchte der Professor einen frisch destillierten Wodka. Also tranken die beiden ein erstes Gläschen auf den traurigen Zustand des hiesigen Ingenieurwesens und die Unfähigkeit, das Kurvenschlingern einer Raumkapsel in den Griff zu bekommen, sowie die Erkenntnis, dass die Erde rund sei. Ein weiteres Gläschen tranken sie auf die Tatsache, dass der Kapitalismus wohl unweigerlich auf Dauer die Nase vorne haben würde. Beim dritten Glas widmeten sich die Herren der Frage, was denn nun am molekularbiologischen Institut um Weltalls willen machbar sei. Das vierte Gläschen sorgte für den entsprechenden Mut bei

Chruschtschow, seine einfache Vorstellung der Dinge darzulegen: „Ihr müsst den Tieren was spritzen, damit sie, falls sie sterben sollten, zumindest nicht tot scheinen. Damit sie sich trotzdem bewegen, vielleicht mit dem Schwanz wedeln? Aber auf keinen Fall tot aussehen. Wenigstens für die Kamera."

Es folgten drei Wochen intensiven Forschens im engsten Kreis, nur der Professor und sein Handlanger beim Schnapsbrennen. Da die Sache tunlichst nicht an die Öffentlichkeit und schon gar nicht an die Ohren ausländischer Geheimdienste gelangen sollte, war das Labor nach der freundlichen Verabschiedung Chruschtschows zum KGB-Sperrgebiet erklärt worden. Dimitri und sein Professor ernährten sich bis auf Weiteres von Trockenfrüchten und Flüssignahrung aus dem Destillationsapparat. Gleich daneben bauten sie eine ähnliche Anlage, mit der sie ein Serum herstellten, das später die Hunde – obwohl phasenweise klinisch tot – quietschfidel aussehen ließ.

Da Chruschtschow mit dem Ergebnis äußerst zufrieden war, wurden noch einige Tausend Liter des Serums für das sportmedizinische Institut produziert, als Ausgleich für die Höchstleistungssubstanzen, die man dort herstellte und die einen beschleunigten Alterungsprozess auslösten. Dimitri schaffte sich bei der Gelegenheit einige Kanister beiseite, die er immer noch verwahrte und aus denen er seit damals täglich einen herzhaften Schluck zu sich nahm.

Leider hatte die hohe Geheimhaltungsstufe dazu geführt, dass keinerlei Dokumentation, auch keine Rezeptur der erfolgreichen Substanz angelegt wurde. Auch die beiden Wissenschaftler konnten sich aus irgendeinem Grund nicht mehr daran erinnern. Über den drei Wochen hing ein Schleier aus Kartoffeldestillat.

Und nun war er am Telefon, dieser Dimitri, und sprach mit dem Pathologen. Da Dimitri eine ausschweifende Art in der Kommunikation pflegte, genehmigte sich der pensionierte Pathologe noch ein Stückchen Apfelstrudel.

„Der Reddin hat endlich entdeckt das Molekuhlgen", kam Dimitri zum entscheidenden Punkt des Anrufs, „... es steckt in Strudelwurmern."

Dem Pathologen blieb der Bissen im Hals stecken. Er blickte auf den Apfelstrudel vor sich und legte die Gabel beiseite. Als er sich des Mundinhalts in einer Serviette entledigt hatte, konnte er dem ungeduldigen Russen endlich antworten: „Strudelwürmer?"

Das war das Stichwort, auf das Dimitri gewartet hatte, um loszudozieren. „Strudelwurmer haben multipotente Stammzehlen. Das bedeutet, die Stammzehlen des erwachsenen Strudelwurms haben Fähigkeit: alle Zehlarten ihres Körpers nachzubauen, also zu regenerieren. Und jetzt weiß der Amimann, wie das der Strudelwurm macht. Kann man nachmachen."

„Das ist schön für die zwei", antwortete der Pathologe, „für den Amimann und seinen Strudelwurm."

„Nicht nur fur die zwei", rief Dimitri in das Telefon, „auch fur uns und fur Kollegä Ottsi."

„Ich muss aber nicht regeneriert werden", sagte der Pathologe, schob den Teller mit dem Rest Apfelstrudel von sich weg und griff auf seinen Bauch.

Dimitri wurde laut: „Du doch nicht! Aber Kollegä Ottsi!"

Der Pathologe verstand, nahm sich eine halbe Minute Bedenkzeit und sagte schließlich: „Na dann komm her. Als Erstes müssen wir ihn da rausholen."

Die Entführung

1 Die Logistik

Wieder hatte der Pathologe schlecht geschlafen, was aber in dem Fall von Vorteil war. So war er wenigstens rechtzeitig am Bahnhof. Normalerweise war er bei Zügen unerklärlicherweise immer unpünktlich.

Die halbe Stunde vor dem Eintreffen des Gastes nutzte er, um einen Plan zu schmieden. Und das ging in der Tat sehr langsam voran. Den Kollegen Eismann da rauszukriegen, würde nicht leicht werden. Die lokale Provinzregierung hatte um Ötzi herum nicht nur eine Hightech-Kühlzelle bauen lassen, sondern eine ehemalige Bank in ein komplettes Archäologiemuseum umgewandelt. Verteilt über mehrere Stockwerke und videoüberwacht. Während er sich über die Machbarkeit Sorgen zu machen begann, beobachtete er die Menschen am Bahnsteig und in den Wartesälen.

Kaum hatte er sich auf eine leere Bank niedergelassen, setzte sich auch schon eine eigenartige Gestalt zu ihm. Ein Mann, dessen kinnlanges Toupet im Farbton gar nicht zum Alter seines Gesichts passen wollte, obwohl das wiederum von einer unglaublich großen Sonnenbrille teilweise verdeckt wurde. Die Seitenbügel der Brille waren im selben Azurblau wie sein Jogginganzug aus den späten achtziger Jahren. Mit den rotweißen Streifen an den Außenseiten der Hosen und an den Ärmeln strahlte er den Charme des russischen Militärs … „Dimitri?“

Der Mann neben ihm hielt ihm sofort den Mund zu. „Keine Name in Öffentlichkeit.“

Der Pathologe gab seinem russischen Gast ein Zeichen, dass er verstanden habe. Als dieser seine Hand wieder herunternahm, wollte der Pathologe natürlich sofort wissen, was denn dieser Aufzug solle.

„Tarnung. Haben Illegales vor. So falle ich nicht auf."

Dem letzten Satz konnte der Pathologe beim besten Willen nicht zustimmen. Er zog es aber vor, sich am heimatlichen Bahnhof auf keine Diskussion einzulassen mit einem fast achtzigjährigen, grundsätzlich eher dogmatischen Ex-Sowjet-Wissenschaftler im Militärsportanzug, mit billigen überdimensionalen Dior-Sonnenbrillen und einer Damenperücke.

„Gut, lass uns gehen", sagte der Pathologe zum Undercover-Gast. Der war einverstanden und bat um Hilfe beim Gepäck. Der Pathologe blickte auf einen kleinen schweinsledernen Koffer, der für jeden Billigflieger nicht das Mindestmaß erreicht hätte. Als er ihn an sich nehmen wollte, schnappte Dimitri den Koffer und sagte: „Nimm du anderes."

Etwas verwirrt stand der Pathologe da und musste erkennen, dass er nicht auf einer Bank gesessen hatte, sondern auf einer Metall-Transporttruhe. Dimitris eigentliches Gepäck. Wahrscheinlich aus demselben Armeebestand wie das Sportdress.

„Was um Gottes willen ist da drin?", versuchte er zu erfahren, als er die Truhe unter größter Anstrengung anzuheben versuchte. Der Richtung Ausgang schlendernde Dimitri unterbrach sein gutgelauntes Pfeifen eines sibirischen Volksliedes mit drei Worten: „Dies und das."

Eine Viertelstunde später war es dem Pathologen gelungen, die Metallkiste aus dem Bahnhof hinaus und zum Wagen zu schleifen. Völlig außer Atem und mit einem festen Ruck ließ er die Kiste in den Kofferraum fallen. Schlagartig sprang Dimitri in ein nahes Gebüsch. Der Pathologe atmete mehrmals tief durch. Dimitri kam zum Wagen zurück. Er schien erschrocken.

„Du bist verruckt. Kann alles gehen in Luft!"

Der Pathologe drehte seine Augen in Richtung Stirnhöhle und sagte zum Russen, er solle sofort einsteigen. Er startete den Motor und wollte gleichzeitig wissen, was in der Kiste sei. „Ein paar Geräte und Instrumente, die wir brauchen für die Regeneration fur unser altes Freund", führte er nun deutlich entspannter aus.

„Und was soll da bitte in die Luft gehen?", bohrte der Pathologe nach.

„Na, passt er auf", begann Dimitri darzulegen. Auch er hatte einen Plan: „Wenn wir Ottsi da rausholen, ist er weg. Merkt sogar ganz dumme Polizei. Also muss es im Museum eine Gasexplosion geben in Anlage von Kuhlzelle. Arme Wissenschaft. Gletscherleiche für immer verloren. Puff."

Der Pathologe machte eine Vollbremsung, rund dreißig Meter vor einer grünen Ampel. „Du willst das Archäologiemuseum in die Luft sprengen? Hast du sie nicht mehr alle?" Der Pathologe war außer sich.

„Hast du besseres Plan? Wenn nicht alle glauben, Leiche zerstört, wird man immer suchen armes Ottsimann."

Der Pathologe fluchte irgendetwas in halb Italienisch und dem hier üblichen Tiroler Dialekt und fuhr weiter. „Wir tauschen ihn aus!", knallte er dem für seinen Geschmack etwas zu radikalen Russen hin.

„Tauschen aus?", entgegnete Dimitri und begann, schallend zu lachen. „Tauschen aus?", wiederholte er und lachte noch lauter. Sein Lachen ging nun über in ein Hecheln, so als würde er keine Luft mehr bekommen, bis er sich wieder fing und aus der Seitentasche des Jogginganzugs einen Flachmann zog. Er nahm einen herzhaften Schluck daraus und fragte den Pathologen: „Tauschen aus mit einem toten gegrillten Huhnchen?"

Sein Lachen steigerte sich noch mehr. Der Pathologe schüttelte den Kopf und sagte in einer kurzen Atempause des Russen: *„Tokio 1999 – Die Mumienausstellung.“*

Dimitri unterbrach sein Gelächter, drehte sich zum Pathologen, küsste ihn auf die Wange, hob seinen Flachmann an und sprach einen russischen Trinkspruch auf die „dummen Japaner“. Der Pathologe seinerseits war wenig erfreut über den feuchten Wodkafleck auf seiner Wange. Allerdings war er höchst zufrieden über die Tatsache, dass für die Mumienausstellung *Tokio 1999* damals die Transport- und Versicherungskosten so hoch gewesen waren, dass man sich entschlossen hatte, ein täuschend echtes Imitat der Gletscherleiche anfertigen zu lassen. Dieses Imitat lag noch im Keller des Archäologiemuseums und ahnte nicht, dass es bald zum Primus Mortem aufsteigen würde, während zwei pensionierte Wissenschaftler mit einer noch nicht abgeklärten Menge an KGB-Spezialsprengstoff im Kofferraum in eine der beschaulichsten Wohnstraßen der Landeshauptstadt einbogen.

„Nimm die Brille und die Perücke ab und verhalte dich still!“, forderte der Pathologe Dimitri auf, als er seinen Nachbarn beim Rasenmähen erblickte. Dimitri parierte entgegen seiner sonstigen Gepflogenheiten sofort. Der Pathologe hatte vorhergesehen, was nun passieren würde. Und das war für jemanden seines Gewerbes etwas Erstaunliches. Er hielt den Wagen vor dem Eingangstor an, stieg aus und schaffte es gar nicht bis an das Gitter, als der Nachbar sich schon über den Gartenzaun gewuchtet hatte und nun vor ihm stand.

„Herr Doktor, Herr Doktor, grüß Gott!“

Dimitri beobachtete die Szenerie vom Beifahrersitz aus.

Er verstand nicht immer alles, aber doch so viel, dass der Nachbar sich vom Pathologen Ratschläge zu seiner Befindlichkeit holte und anfing zu jammern über die Tatsache, dass er trotz seiner Rückenprobleme drei Monate in einem einsamen Berggasthaus nach dem Rechten sehen müsse. Dimitri glaubte, sich verhört zu haben, als der Pathologe dem Nachbarn nun tatsächlich anbot, das für ihn zu übernehmen.

Dimitri brauchte einen ordentlichen Schluck aus dem Flachmann und verlangte sofortige Aufklärung, als der Pathologe sich wieder in den Wagen setzte. Der fuhr mit seinem völlig verdutzten russischen Gast in die Garage und lächelte zufrieden.

Im Haus erzählte er Dimitri vom Sohn des Nachbarn, der im Sommer ein Berggasthaus führe und im Herbst drei Monate im warmen Thailand verbringe. Das Gasthaus sei der ideale Ort für ihr Projekt: abgelegen und mit einer Kühlzelle ausgestattet. Darum habe er dem Nachbarn angeboten, das für ihn zu übernehmen.

Jetzt lächelte auch Dimitri, klopfte dem Pathologen auf die Schulter und sagte, dass er sich um den Nazi kümmern werde. Der Sprengstoff würde sonst ja nicht mehr gebraucht. Die humanistische Bildung und ebensolche Haltung des Pathologen gab ihm die Zuversicht, dass der russische Freund früher oder später alle Feinheiten der deutschen Sprache erlernen würde, um Sprache generell als das einzig gültige Konflikt-Lösungsmittel zu akzeptieren. Und falls nicht, war er ebenso zuversichtlich, dass er sich auf seine in jungen Jahren angeeigneten Judo-Künste verlassen konnte, um ihm die nötige Abreibung zu verpassen.

Nun war aber erst mal Verpflegung angesagt. Dimitri wünschte sich die für die Gegend typischen „Knöllchen".

„Knödel heißt das", belehrte ihn der Pathologe und begann das Brot zu schneiden sowie die anderen Zutaten herzurichten.

Beim Essen gab es dann noch jede Menge organisatorischer Fragen in Bezug auf das geplante Vorhaben zu klären.

„Brauchen Kuhlung für Transport", merkte Dimitri mit einem Knödel links in der Backe und einem rechts an. Dann lobte er ausführlich und überschwänglich den Geschmack der Speckknödel, die der Pathologe so liebevoll zubereitet hatte. Als er damit fertig war und mit vollem Genuss Knödel Nummer sieben zu verdrücken begann, warf der Pathologe ein, dass sie sich einen Kühlwagen leihen sollten. „So einen wie diese Lebensmittel-Transportwagen."

Man einigte sich dann aber, erst am darauffolgenden Tag sich weiter damit zu befassen. Dimitri hatte nach dem Essen ein unerwartetes, aber vordringliches Problem: Das Völlegefühl ließ sich wohl nur mit einem Schlückchen des mitgebrachten Destillats bekämpfen.

Während der Pathologe sich ganz bewusst zur Nachtruhe zurückzog, da ihn seine Leber in Richtung Schlafzimmer zog, setzte sich Dimitri mit einer Doppelliterflasche und dem örtlichen Telefonbuch auf den Balkon. Die Leber des Pathologen war über den erfolgreichen Rückzug so glücklich, dass sie alle angrenzenden Organe im Körper ihres Herrn dazu überredete, diesen just in dieser Nacht den besten Schlaf seit Jahrzehnten schlafen zu lassen.

Allerdings nur bis 5:34 Uhr. Das war der Zeitpunkt, an dem ein Garagentor seinen Halt in der Begrenzungsmauer verlor. Nicht aus eigenem Antrieb, sondern ausgelöst durch einen Zwei-Tonnen-Klein-Kühltransporter eines lokalen Gastronomie-Produkte-Großhändlers, der wiederum ebenfalls mit dieser Sache nichts zu tun hatte. Nur insoweit, als dass ein sich derzeit im Lande verweilender Russe unter „Ausleihen" ein nicht durch den Eigentümer autorisiertes, einstweiliges

Verwenden verstand und dass der Gastronomie-Produkte-Großhändler das Pech hatte, an oberster Stelle im hiesigen Telefonbuch zu stehen.

Nachdem also die Nacht ihre Ruhe und das Gartentor seinen Halt verloren hatten, war nun der Pathologe an der Reihe, seine Fassung zu verlieren. Was aber nichts half, da der Adressat seiner Schimpftirade, kurz nachdem er den Lkw im Garten zum Halten gebracht hatte, am Steuer eingeschlafen war. Die am Beifahrersitz angeschnallte Doppelliterflasche war leer. Ansonsten hätte sich in diesem Moment der Pathologe, trotz Protests seiner Leber, liebend gern einen kräftigen Schluck gegönnt.

2 Die Befreiung

So verliefen einige Tage ohne große Schwierigkeiten, was der Tatsache geschuldet war, dass Dimitri der Kopf brummte und er sich zudem ruhig verhielt, weil sein gastgebender Pathologe versprochen hatte, ihm genau diesen Schädel abzureißen, falls er es wagen würde, einen weiteren Alleingang zu starten.

Die Tage waren gefüllt mit ausgiebigen Besuchen des Archäologiemuseums und akribischen Beobachtungen der Abläufe. Nach drei Tagen waren sich der pensionierte Pathologe und der ebenso pensionierte russische Molekularbiologe einig: Es war so weit.

Also machten sich am darauffolgenden Tag zwei Herren, rund eine Stunde, bevor das Museum schloss, auf den Weg. In Hawaiihemden, kurzen beigefarbenen Hosen, weißen Socken, Sandalen, Schirmmützen und überraschend dezenten Sonnenbrillen begannen sie ihre erste und vermeintlich letzte Entführung.

Dimitri ging etwas gebückt an diesem Tag. Grund dafür war sein Brustbeutel, den er mit einer Reihe überlebenswichtiger Utensilien gefüllt hatte, allesamt Leihgaben seines Vetters dritten Grades, Vladimir, der früher beim KGB diente und jetzt in der Politik tätig war.

Die Tarnung als Touristen hielt der Eingangskontrolle stand. Jetzt musste es aber auch gelingen, unbemerkt in den Keller zu gelangen, um dort bis zur Schließung des Museums und zum Einbruch der Dunkelheit zu warten. Zunächst tippelten beide Herren im Touristenoutfit eine gute Viertelstunde vor der Kellertreppe auf der Stelle, bis eine freundliche Ausstellungsbetreuerin die beiden fürsorglich, aber bestimmt dazu aufforderte weiterzugehen. Ein Aufenthalt von Besuchern genau an dieser Stelle war offensichtlich weder im Museumskonzept noch in der Aufgabenstellung der Dame im schwarzen Outfit vorgesehen. Dimitri versuchte den keinerlei Fremdsprachen mächtigen Osteuropäer zu mimen, was jedoch die Ordnungskraft ganz und gar nicht beeindruckte, sondern ihre Anweisungen eher vehementer machte.

Da die Herren erst nach weiterem Drängen Folge leisteten, entschied sich die Ordnungskraft – motiviert durch ein diffuses Gefühl – kurzerhand, am Zugang zum Keller einen Beobachtungsposten zu beziehen. Und zwar für die verbleibenden dreißig Minuten der Öffnungszeit.

Das hatte natürlich Folgen für die Rentnerbande mit zwei Mitgliedern. Es brauchte einen sofortigen Plan B. Diese Erkenntnis stand beiden ins Gesicht geschrieben, als sie sich, die Dame beobachtend, gegenseitig „Scheiße" und das russische Pendant „Говно́" von den Lippen lasen. Da beide Rentner Zeit ihres Lebens wissenschaftlich tätig waren und sich nicht nur der Logik beugten, sondern ihr gleichsam Jünger waren, war es naheliegend, einen deduktiven Schluss auf das eben Geflüsterte zu denken. Die Deductio, auch bekannt als Abführen auf logisch zwingende Konsequenzen, trieb sie schlicht in das nächste WC. Dort angekommen, drängte sich die These auf, dass sicher auch die Klos kontrolliert wurden. Sich einzuschließen war also nicht wirklich ein Plan. Und der entscheidende Plan B schon gar nicht.

Ein ernster Blick auf die Uhr samt der Mitteilung „Noch 12 Minuten" erhöhten den Druck auf die Nerven des Pathologen noch mehr. Nur Dimitri stand da und kramte in seinem Brustbeutel, als imitiere er ein australisches Känguru, das irgendwo im Outback auf den Bus wartete und dem keine bessere Ablenkung eingefallen war, als Inventur zu machen.

Der Pathologe wurde noch nervöser. Daran änderte auch Dimitris plötzlicher Ausruf „Hab gefunden!“ nichts.

„Was denn?“, wollte der Pathologe wissen.

„Spezialdrahtseil mit Schlurfnapf“, erklärte Dimitri.

„Schlurfnapf?“, selten war der Pathologe so verwirrt. Draußen wurde indessen per Lautsprecher über die unmittelbar anstehende Schließung des Museums informiert.

„Ja, können wir uns hängen in die Luft damit“, erwiderte Dimitri.

Nun erschien dem Pathologen zwar die Wahrscheinlichkeit recht groß, vom Wachpersonal im Zuge des Kontrollgangs entdeckt zu werden, aber deswegen gleich an Suizid zu denken, war reichlich emotional. Selbst für einen Russen. Der hatte in der Zwischenzeit hinter der Tür einer WC-Kabine ein dünnes Drahtseil mittels einer Art Saugnapf an den Fliesen befestigt und sich draufgesetzt, sodass man glauben konnte, die Kabine sei leer.

„Kommst du sitzen“, lud Dimitri ein.

„Schon gut.“

Als an diesem Abend der Wachmann seinen abschließenden Kontrollgang durch alle Räume des Museums inklusive Nasszellen erledigte, war ihm zwar für einen Moment so, als hätte er in einem menschenleeren WC zwei flüsternde Stimmen über den Unterschied von „schlürfen“ und „saugen“ diskutieren hören, aber solche absurden Wahrnehmungen wusste er nach 37 Dienstjahren als Hinweis für die nötige Pensionierung zu deuten.

Zudem hatte er es eilig, da an diesem Abend ein Fußballspiel lief und er sich rechtzeitig in den Überwachungsraum zurückziehen wollte. Dort gab es eine Reihe von Monitoren, die sein in elektronischen Dingen bewanderter Sohn zur letzten

Fußball-WM mit einem TV-Receiver gekoppelt hatte. Was sollte schon in den neunzig Minuten passieren, in einem Haus ohne Wertgegenstände, dessen einziges Kapital eine uralte ledrige Leiche war.

„Die klaut keiner", war der Wachmann an jedem Abend mit Fußball-Übertragungen überzeugt.

Als das Spiel dieses Abends angepfiffen war, machten sich im WC in der ersten Etage zwei Herren mit sichtlichen Gesäßschmerzen sowie einer tiefen Querkerbe am Hinterteil auf, um die Prophezeiung des Wachmanns zu widerlegen. Noch bevor das erste Tor fiel, hatten die beiden Rentner die Latex-Kautschuk-Imitation aus dem Keller geholt, den echten Eismann in den Spezial-Transportkühlsack verpackt, auf eine Liege gelegt, die Imitation in der Ausstellungs-Kühlzelle positioniert und sich auf den Weg Richtung Lieferantenausgang gemacht.

Da standen sie nun, die zwei der drei Helden dieser Geschichte, der dritte war auf der Transportliege. Die Tür trennte den Toten von der Freiheit und davon, nicht mehr Begaffungsobjekt für Zigtausende im Jahr zu sein, und sie schützte die anderen beiden vor einer großen Herausforderung.

Herausforderungen waren auch Charly Wegers große Leidenschaft. Gerade deshalb machte er wohl an diesem Abend eine Verkehrskontroll-Fußstreife in der Museumstraße. Früher war Charly Weger Aushilfskraft in einer Autowerkstätte gewesen, vernarrt in alles über 300 Pferdestärken und möglichst grellen Farben. Bis zu dem Tag, als er von einer Geburtstagsfeier mit zwei Promille Blutalkohol auf der rasanten Heimfahrt abrupt von der Staatspolizei blockiert und zur Alkoholkontrolle gebeten wurde. Dann war der Führerschein weg. Was für Charly

Weger aber bei Weitem nicht so traumatisch war wie die Erkenntnis, sein bisheriges Leben vergeudet zu haben, weil er nicht auf der Seite der Macht stand. Diese Macht war kräftiger als alle Pferdestärken. Es war die Ordnungskraft, die ihn von nun an in den Bann zog. Da allerdings weder der Drang noch sein Intelligenzquotient dazu ausreichten, in die Reihen der Staatspolizei zu kommen, gelang ihm im fünften Anlauf immerhin die Aufnahme in die städtische Polizei, wo er seither seine Fußpatrouillen absolvierte. Er war in dieser Truppe der weitaus Motivierteste, Penibelste und unverhandelbar Prinzipientreueste.

Hinter der Tür des Lieferanteneingangs des Archäologiemuseums ahnten die zwei Rentner nichts von diesen Prinzipien, sondern waren dabei zu vereinbaren, wer denn nun den geliehenen Kühlwagen vorfahren sollte, um den Kollegen Eismann endlich von hier wegzuschaffen und damit den eigenen Adrenalinpegel wieder auf normal zu senken. Das galt vor allem für den Pathologen. Der Russe schien diesen Zustand eher zu genießen. Aus diesem Grund entschied der Pathologe, dass er selbst den Lkw holen gehe und der Russe hinter der Tür zu warten habe.

„Gib mir drei Minuten", sagte er durch die sich schließende Tür. Dimitri setzte sich auf den Boden.

Als Charly Weger in der dunklen Seitengasse der Museumstraße spät nachts zunächst nur zwei weiße Socken und dann eine sich hastig fortbewegende Gestalt sah, kam ihm sofort etwas eigenartig vor. Er begab sich umgehend in den Observationsmodus. Der ideale Abstand bei einer Innenstadtverfolgung mit den natürlichen Fortbewegungsextremitäten der Ordnungskraft betrugen 20 bis maximal 25 Meter. Einen weiteren Weg hatte der Observierte aber ohnehin nicht zu tätigen, weil der Lkw in der Querstraße stand. Der sah aus wie von Hand frisch gestrichen, mit einem russischen Kennzeichen aus Dimitris Wunderkiste. Als die Gestalt in den weißen Socken unverwechselbar als Wagenhalter identifiziert wurde, weil sie sich in die Fahrerkabine setzte, war der unaufschiebbare Moment gekommen: „Zugriff", befahl Charly Weger sich selbst und stellte sich derart neben den Lkw, dass er den Türgriff festhalten konnte, um den Wagenhalter lautstark nach seinen Deutschkenntnissen zu fragen.

„Sowieso", antwortete der Pathologe in der landesüblichen Färbung.

„Du you simple want go away like this?", der Ordnungshüter blieb bei seiner Ersteinschätzung des Gegenübers.

„Was ist denn bitte das Problem?", wollte der Pathologe wissen.

„Komm out there from the truck. Mit your hands in the high! And you will don't have a problem", sagte Charly Weger nun mit einem aggressiven Unterton und der rechten Hand an der Pistolentasche, während er den Lederverschluss aufknipste.

Es lag am ehemaligen Brotberuf des Pathologen, dass er sofort einschätzen konnte, dass diese Situation gefährlich werden könnte. Also streckte er die Arme nach oben und begann ein Beruhigungs-Mantra, das er einmal als Kind auf einer Alm bei einem Bauern gesehen hatte, der damit eine wildgewordene Kuh besänftigte.

„Oouuhh, Oouuhh! Ruuuhhhiiiggg, ganz ruuuhhhiiiggg …", brummte er in einer Tonlage, die zwei Oktaven tiefer lag als seine Normallage. Bei der dritten Wiederholung stand er schon vor dem Ordnungshüter und näherte sich ihm mit dem ausgestreckten rechten Arm, der Handfläche nach vorne gedreht und mit den Fingern nach unten. Damals beim Bauern hatte die Kuh die Handfläche geleckt und sich beruhigt. Hier aber interpretierte der Wachmann es als Kampfsportgeste und zog seine Waffe. Der Pathologe riss die Arme hoch und versuchte noch mal zu beschwichtigen.

„Ich tu nix. Bin völlig unbewaffnet."

„Put your hands on the sidewall of the truck and do your legs … äh … so … äh …" Charly Weger hasste seine mangelnden Sprachkenntnisse. Dieser Mangel war aus seiner Sicht dem Scheitern der lokalen Politik im Umgang mit den Migrations-Bewegungen zu verdanken. Schlimmer ging es aber in diesem Moment dem Pathologen im Ruhestand: mit den Händen an einen rechtswidrig entwendeten, durch Farbe getarnten Kühlwagen gelehnt, mit einer Pistole auf ihn gerichtet, an dessen Abzug eine Person mit kognitiven Unzulänglichkeiten absolut nicht Herr der Lage zu sein schien. Der Pathologe sehnte sich zurück nach der beschaulich langweiligen Rentnerzeit, die nur ein paar Tage entfernt war. Dabei schüttelte er den Kopf hin und her, als könne man eine Situation, der man nicht zustimmte, auf diese Weise verscheuchen. Als er den Kopf erneut nach rechts drehte, sah er im Augenwinkel Dimitri samt dem Entführten auf der Transportliege. Jetzt war für den Pathologen alles aus. Er drehte sich vom Lkw weg und nebst seinen Socken leuchteten nun auch noch die Handinnenflächen weiß.

„Na bravo! Jetzt kommst auch du noch daher! Mit ihm, wunderbar. Hab ich nicht gesagt, du sollst dort warten?", schnauzte der Pathologe in Richtung des Russen. Dimitri begann sich zu rechtfertigen, nicht ohne vorher kurz in seiner Muttersprache sein Unbehagen auszudrücken.

„Halt!", fuhr Charly Weger dazwischen. Er schien eher verwirrt zu sein. „Yes, how it goes this now? You speek in german to your russian criminal Kollege?“ Nein, Charly Weger war völlig verwirrt. Und diese Tatsache nutzte der soeben in flagranti bei einem Diebstahl einer weltbekannten Leiche erwischte pensionierte russische Molekularbiologe schamlos aus. Es ging alles sehr schnell. Er zog ein Röhrchen aus seinem Brustbeutel, verlängerte es mit einem Handgriff auf die dreifache Länge, setzte es an den Mund und pustete einmal kräftig hinein. Der Stadtpolizist klatschte sich auf die Halsschlagader, so wie er es als Kind im Adriaurlaub wegen der Stechmücken gemacht hatte. Der Gedanke an diese Stechmücken und die Sommerferien mit dem lästigen Sand in der Badehose waren die letzten Gedanken des Charly Weger, bevor er nach vorne auf den Eismann – in seiner Gott sei Dank stabilen Kühlbox – kippte.

Hätte der Pathologe nicht schon seine weiß lackierten Hände über dem Kopf gehabt, hätte er sie wahrscheinlich jetzt nach oben gerissen. Sein Zorn auf Dimitri hörte sich nun schon eher wie ein Jammern an, was diesen aber wenig beeinflusste.

„Ist brenzlige Situation gewesen, mussten wir lösen“, sagte er, unterstützt durch ein im Gegensatz zum Begriff „brenzlig“ stehendes lässiges Schulterzucken.

„Und was jetzt?“, wollte der Pathologe wissen.

„Nimm erst mal Hände runter“, grinste Dimitri verschmitzt.

„Ist er tot?“, schob der Pathologe die nächste Frage nach.

Dimitri zog seinen Flachmann aus dem Brustbeutel und spülte sein Lachen hinunter: „Ist dummes Frage fur Leichendoktor, hehe.“

Als der Pathologe begann, dem Polizisten den Puls zu messen, wurde Dimitri etwas klarer: „Nicht tot. Nur betäubt.

Wenn er in zwei Tagen aufwacht, weiß er nur mehr, was geschehen ist bis heute Mittag. Komm, wir nehmen ihn mit und laden ab ihn, bei einem Biergarten oder so."

Die Idee mit dem Biergarten teilte der Pathologe nicht, half aber Dimitri, die beiden vorläufig Toten hinten in den Kühlwagen zu laden. Endlich konnten sie das Museum und die Stadt hinter sich lassen und fuhren aufwärts in Richtung ihres Refugiums für die nächsten Monate. Langsam kam sogar so etwas wie eine gelöste Stimmung auf, da der Druck abließ und die Erkenntnis reifte, einen ersten großen Schritt getan zu haben. Dieses Gefühl verstärkte sich, als sie den Transportwagen in die Kühlzelle des Berggasthofs schoben und sich zum Ausruhen auf die Terrasse setzten, um den wunderbaren Sternenhimmel zu beobachten.

Sie saßen ruhig da bis zu dem Moment, als ihnen Charly Weger einfiel. Sie stürzten in die Kühlzelle, trugen ihn hinaus und der Pathologe stellte eine Körpertemperatur von 29 Grad fest, mit leichtem Puls. Sie schafften ihn sofort in eines der Gästezimmer und deckten ihn mit allen im Hause auffindbaren Wolldecken zu.

Als der erschrockene Pathologe sich wieder auf die Terrasse setzte, flößte Dimitri dem Kollegen etwas Kartoffeldestillat ein. Damit erreichte er in kürzester Zeit wieder seine normale Betriebstemperatur, während draußen der Herbstabend kalte Luft über die Berghänge und die Terrasse legte, wo sich zwei müde alte Herren einen weiteren Gute-Nacht-Schluck gönnten und sich darauf freuten, endlich ihr langersehntes Projekt anzugehen.

Die Erweckung

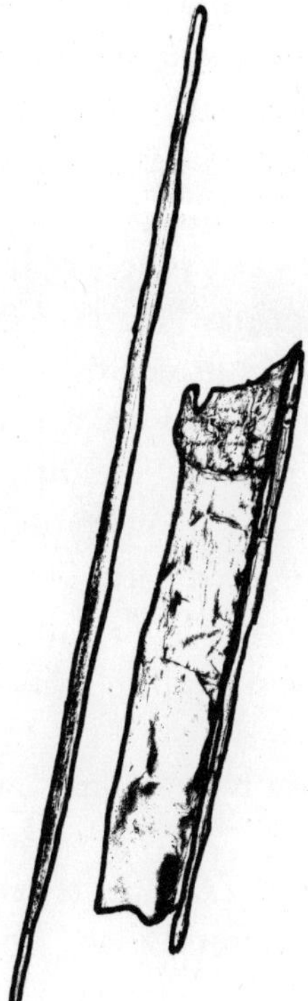

1 Der erste Versuch

Kurz nach Sonnenaufgang saßen der Pathologe und Dimitri wieder mit einer großen Tasse Kaffee auf der Terrasse. Der Dampf stieg auf, schwebte empor, um sich mit dem Morgennebel zu vereinen. Als der Nebel sich verzogen hatte, schienen die beiden ihren Plan für das weitere Vorgehen geschmiedet zu haben, ohne dass sie hierfür ein Wort gewechselt hätten.

„Wir bauen im Speisesaal auf", sagte der Pathologe mit der Gelassenheit eines Mannes, der als Chef einer Band seit Jahrzehnten auf Tour ist. Zweimal waren sie bereits Tage vor der Entführung mit dem Lkw, vollgestopft mit Geräten und Laborutensilien, zum Berggasthaus hochgefahren.

Um alles korrekt aufzubauen und anzuordnen, waren die beiden Herren bis zum Abend am Werkeln, nur unterbrochen durch einen Mittagstisch und die mehrmalige Kontrolle der Luftfeuchtigkeit und der Temperatur bei der Gletscherleiche. Nach dem Mittagessen hatte Dimitri kurz nach Charly Weger gesehen, der lautstark, aber unverständlich im Schlaf geredet hatte. Mit einem doppelten Spezial-Wodka hatte sich das wieder gelegt.

Das Abendmahl war bedeutungsschwer, als ob es das letzte wäre.

„Wir nehmen nur eine Zelle", sagte der Pathologe zu Dimitri.

„Ohne das andere Genmaterial?" Dimitri war erstaunt.

„Ja, es gelingt sicher besser, wenn es nur eigenes Material ist", antwortete der Pathologe.

„Woher willst wissen du?", klang Dimitri beleidigt.

„Wissen tut das niemand. Aber mein Gefühl sagt mir …"

„Gafuhl, Gafuhl … Wir machen hier Wissenschaft. Wenn Gafuhl geht, können wir hineingehen in Kuhlzelle und singen

Ottsi ein Schlaflied. Dann vielleicht mit viel Gafuhl wacht er auf", gaffte Dimitri.

Der Pathologe ließ sich nicht aus der Ruhe bringen und sagte kurz, aber bestimmt: „Ötzi ist meine Leiche."

Damit war das Thema vom Tisch wie das Essen. Als Dimitri als Nachtisch eine Flasche Wodka hinstellte, nahm der Pathologe sie an sich und sperrte sie in einen Barschrank mit den Worten: „Morgen brauchst du einen klaren Kopf." Der russische Molekularbiologe im Ruhestand nahm das mürrisch hin und auch als Aufforderung, ins Bett zu gehen. Nach einem kurzen Kontrollbesuch bei Charly Weger tat er das auch.

Der nächste Tag begann mit einer kleinen Operation an der Gletscherleiche. Beide Wissenschaftler unterschiedlicher Provenienz, Fachgebiet und angereiften Pensionsjahren waren sich einig, dass die Leberzellen die höchste Erfolgsquote haben müssten, da die Leber die Fähigkeit zur Regeneration hatte. Die Überzeugung war in dem Fall bei Dimitri noch stärker.

Der schwierigere Part des Projekts war, ausreichend Neoblast zu generieren, um mittels RNAi-Screenings jene Gene zu erkennen, welche mittels molekularer Kontrolle die Regeneration initiierten. Diese Gedanken kreisten ständig in Dimitris Kopf herum.

„Eigentlich sind wir verruckt", unterbrach er die Stille, nachdem sie gut drei Stunden immer wieder dieselben Handgriffe unterm Mikroskop ausgeführt hatten und pipettiert hatten, was die Feinmotorik hergab.

Der Pathologe blickte über seine Lesebrille auf sein russisches Gegenüber und fragte kurz und knapp: „Warum?"

Dimitri schien erstaunt über die Frage: „Kann Jahre dauern, bis wir Molekul finden."

„Wir brauchen etwas Glück", sagte der Pathologe und widmete sich wieder seiner Tätigkeit.

„Gluck, Gafuhl … Was kommt Nächstes? Großer Schamane?" Dimitri hielt beide Hände mit gespreizten Fingern an die Ohren.

„Kennst du einen? Wenn ja, ruf ihn an. Schaden kann das nie." Der Pathologe grinste, ohne seinen Blick vom Mikroskop zu nehmen.

„Kenne einen. Ist Mongole. Heißt Böö. Habe ich gehabt tolles Erlebnis in Ulan-Ude." Dimitris Redeschwall legte sich erst am darauffolgenden Tag zu Mittag wieder.

Er hatte erzählt, dass das Wort Schamane eigentlich aus der Sprache der Ewenken in Sibirien komme, also durchaus als vor-sowjetisch zu betrachten sei. Schamanen, so glaubten viele seiner Landsleute, seien Mittler zwischen der sichtbaren Welt und der Sphäre der Geister. Schamanen rufen Hilfe aus einer anderen Welt herbei, um Körper, Kopf und Seele zu heilen. Er sei einmal durch Zufall in ein Ritual geraten, bei dem der Schamane das Blut aus einem Schafsherz mit Wodka gemischt hätte. Das Getränk sollte helfen, eine Verbindung zu den Seelen Verstorbener aufzubauen. Er persönlich sei ja auch überzeugt, dass die Komponente Wodka weitreichende Fähigkeiten habe. Aber Schafsblut?

An dieser Stelle bedankte sich der Pathologe für das Stichwort, das ihn auf die wunderbare Idee brachte, am nächsten Tag kurz ins nächste Bergdorf zu fahren, um Blutwürste zu kaufen. Eine Spezialität, die im Herbst in der Gegend Konjunktur hatte.

Für den Abend hatte er sich eine ganz spezielle Zubereitung der Blutwurst überlegt. Gehackte Zwiebelwürfel schwitzte er in hochwertigem Olivenöl vom Gardasee an, sodass sie aber noch strahlend weiß blieben. Dann gab er Reis aus der Po-Ebene dazu und ließ ihn glasig kochen. Dabei rührte er immerzu, gleichmäßig. Dimitri stand daneben, respektvoll, als handle es sich um das Ritual eines Hohepriesters des hiesigen Bergvolkes. Als der Pathologe wie nebenbei eine Weißweinflasche öffnete, stieg die Speichelproduktion im Mund des Molekularbiologen abrupt an. Der Pathologe wiederum ließ sich nicht aus der Ruhe bringen, löschte den Reis ab und ließ ihn geschmeidig reduzieren unter der richtigen Hitze. Er rührte weiter, wie tibetische Mönche ihre Gebetsmühlen drehen, und goss nach und nach kleine Mengen frischen, heimischen Apfelsaft und Gemüsebrühe hinein. Einen Gemüsefond, den er beim Metzger im Bergdorf mitgenommen hatte. Die Metzgers-Frau hatte ihn selbst aus dem eigenen Gartengemüse gemacht und in einer Blechkanne aufbewahrt. Der Geschmack und die Kanne hatten ihn an die genussvollsten Momente seiner Kindheit erinnert.

Kurz vor Ende der Garzeit legte er vorsichtig Apfelwürfel zum Reis und streute Zitronenthymian ein, den er im etwas verwilderten Kräutergarten des Berggasthofes gefunden hatte. Dimitri stand immer noch daneben, mittlerweile mit offenem Mund. Gleichzeitig schnaufte er mit der Nase, um möglichst viel des angenehmen Duftes zu erhaschen. Mit Neid beobachtete er, wie der Pathologe eine Löffelspitze Reis an den Mund führte, um in voller Konzentration zu überprüfen, ob er bissfest sei. Er schloss die Augen, da er offenbar zufrieden war mit seinem Werk. Er nahm den Risotto vom Herd und rührte frisch geriebenen Parmesankäse und Butter unter. Er machte das so vorsichtig, als wolle er weder die Gletscherleiche noch den halbkomatösen Stadtpolizisten aufwecken. Er streute Salz und Pfeffer darüber, als wolle er dem Wasser im

Topf daneben dirigieren, ja knapp unter dem Siedepunkt zu bleiben, weil das die Blutwurst brauchte, damit sie ganz langsam garte. Er fühlte, sie waren so weit, und nahm sie aus dem Wasser. Dimitri schien sprachlos und riss die Augen weit auf, als der Pathologe den Würsten die Haut abzog und sie halbierte. Er nahm zwei Teller, verteilte den Risotto, legte eine Blutwursthälfte darauf und garnierte das Ganze mit dem Thymian.

Dimitri machte unaufgefordert den Messdiener, der beide Teller andächtig zum Tisch brachte, während der Koch des Abends von der kühlen Terrasse eine Flasche Weißburgunder holte. Draußen hatte die Flasche die ideale Temperatur erreicht.

Für die gesamte Dauer des Abendessens schien es, als hätte sich der Wortschatz der beiden auf den Buchstaben *M* reduziert, den sie lang anhaltend, abwechselnd und dann wieder gemeinsam von sich gaben. Nach dem letzten Reiskorn am Teller, den der Pathologe mit einem Schluck aus der Flasche an den Gaumen spülte, war wieder Platz für ganze Sätze: „Mein Großvater behauptete, nach der Konsistenz der Blutwurst die Zukunft vorhersagen zu können."

„Dein Großvater war Schamane? Dafür verträgst du wenig Wodka ...", lachte Dimitri.

Als er den Pathologen aber mit ernster Miene den Blick erwidern sah, wurde er still. Obwohl Dimitri die Frage nur dachte, antwortete der Pathologe: „Keine gute Prognose."

Drei Tage später war klar, dass sie zwar das unglaubliche Glück hatten, das Molekülgen gefunden zu haben, dies aber den Regenerationsprozess nicht initiierte. Weder strudelwurm-gleich noch überhaupt. Alles blieb regungslos. Die drittletzte Stammzelle überlebte nicht.

2 Der zweite Versuch

Am Morgen danach und in der vollen Erkenntnis, dass die Stammzelle tot war, herrschte dementsprechend schlechte Stimmung. Bereits vor dem Frühstück hatten beide über eine Stunde versucht, den schlafenden Stadtpolizisten zu wecken. Es gelang nicht, aber seine Körperfunktionen schienen intakt.

„Gehen wir fruhstucken“, sagte Dimitri, „ihm ist noch zu fruh.“

Später am Tisch klang der Pathologe desillusioniert: „Wie sollen wir jemanden aufwecken, der seit über 5300 Jahren als tot gilt, wenn wir es nicht einmal schaffen bei einem, der erst seit ein paar Tagen schläft.“

„Warum?“, fuhr ihn Dimitri an. „Jetzt wird es leicht. Wir wissen jetzt das Gen. Mussen nur noch mal aufbauen. Brauchen mehr Molekulsubstanz und ich glaube noch etwas Spezialzusatz.“

„Der da wäre?“ Die Lebensgeister des Pathologen waren wieder geweckt.

„Etwas von dem Serum. Und dann hätte ich noch etwas Zehlflussigkeit aus Moskau“, erklärte Dimitri.

Der Pathologe machte eine abwehrende Handbewegung: „Kommt nicht in die Tüte.“

„Du willst ihm immer schutzen und nennst ihn Tute?“ Dimitri wurde ungewohnt bitter.

„Am besten wir beruhigen uns wieder und machen uns an die Arbeit“, sagte der Pathologe und wandte sich demonstrativ Richtung Speisesaal. Anfangs reinigten sie über Stunden die Laborinstrumente, um sich dann an die Mikroskope zu setzen. Dann klonten sie wieder eine Reihe von Zellkolonien, um sie mit den Molekülgenen anzureichern. Dann hieß es wieder abwarten. Nach einiger Zeit tat sich etwas. Es schien Bewegung in die Zellen zu kommen. Das motivierte die beiden natürlich unendlich und regte ihre methodische Fantasie an. Am Nachmittag desselben Tages hatten sie die grandiose Idee, im Speisesaal des abgelegenen Berggasthofes, mitten im südlichen Alpenhauptkamm, eine Laboranlage zu improvisieren: zur beschleunigten Anregung von Zellaktivitäten.

Eine grobe Skizze hierzu hatte der junge Student Dimitri Wasilejew Ogaschenko Grasputin vor Jahrzehnten im noch halbwegs nüchternen Zustand mit einer zurechtgebogenen Reagenzglas-Klemme auf die Rückseite seines Flachmanns geritzt, den er seit jenen Tagen immer bei sich trug.

Da das Fachgebiet der Moleküle näher an der Kompetenz des russischen Teils der Wissenschaftsmannschaft war, willigte der Pathologe ein.

Sicherheitshalber leerte der Pathologe unter Protest seiner Leber den Flachmann. Er verstand einiges von Prävention. So waren sie bis weit nach Mitternacht am Werk. Kurz vor dem Schlafengehen nahmen sie die Anlage aus unzähligen Glaskolben, Gefäßen, Glas-Verbindungsrohren, einer Schütteleinheit und einer Zentrifuge in Betrieb. Hochzufrieden legten sie sich zu Bett, nachdem sie den fürs Erste gut prosperierenden Zellen eine angenehme aktive Nacht gewünscht hatten.

Sie war kurz, diese Nacht, und endete mit lautem Geklapper. Geweckt von einem unerklärlichen Lärm, trafen beide im Treppenhaus aufeinander. In Unterhosen, erschrocken, schlaftrunken schritten sie die Treppen hinunter und öffneten die Tür zum Speisesaal.

Hinter der Bartheke floss Heißwasser in das Becken. Davor stand eine kleingewachsene Person, weiblich. Sie schimpfte und polterte über den Saustall hier in der Gaststube und den verfluchten Wirt, der sich in Übersee amüsiere, während sie hier aufräume, obwohl sie Putzfrau sei und nicht zum Aufräumen hier. Jetzt erst merkte der Pathologe, dass das Labor großteils abgebaut war. Ebenso die Behälter mit den Zellkolonien, die, sauber gespült, links vom Becken in der Abtropfe aufgereiht waren. Der Pathologe ließ sich rücklings auf einen Stuhl fallen und begann zu weinen. Dimitri stand noch daneben. Regungslos. Er fragte die Frau, wer sie sei.

„Ich bin die Reinhilde, die Putzfrau. Ich komme auch im Winter einmal im Monat zur Grundreinigung."

Der Pathologe weinte über die Niederlage der Grundlagenforschung gegen die Grundreinigung. Jetzt setzte sich auch Dimitri und schaute entsetzt der Frau zu, wie sie eine Kanüle mit dem Küchenlappen zu trocknen versuchte. Plötzlich öffnete sich die Tür. Ein weiterer Mann in Unterhosen stand in der Tür: Charly Weger. Als er Reinhilde sah, rief er lautstark: „Mama!"

Das war der Beginn eines neuen Lebensabschnitts für den Stadtpolizisten Weger. Und es war das Ende der vorletzten Stammzelle.

3 Der letzte Versuch

Der Pathologe hörte auf zu weinen. Dimitri drehte sich überrascht zu Charly Weger hin, der prompt mit: „Papa?" reagierte.

Nun musste der Pathologe lachen. Dimitri stimmte ein in den Chor. Die Putzfrau sprach derweil laut mit sich selber und fragte sich, wieso die Herren allesamt nur Unterhosen trugen. Nicht dass es ihr was ausmachen würde, sie habe schon viele Männer in Unterhosen gesehen. Sie sei sogar einmal mit einem liiert gewesen, der zu Hause Tag und Nacht nur nackt herumgelaufen sei, sommers wie winters. Aber besonders hygienisch fände sie das nicht.

Die beiden älteren Herren unterbrachen ihr Gelächter ruckartig, als Charly Weger vor Schwindel zu wanken begann. Dimitri hielt ihn fest, der Pathologe versuchte, seinen Puls zu messen. Es war beiden klar, dass der gerade eben nach sieben Tagen Tiefschlaf Aufgewachte schlicht im Unterzucker war. Dimitri tippte auf dehydriert und zog seinen Flachmann. Der Pathologe befahl dem Patienten: „Sofort anziehen!" Nachdem Dimitri ihn von der Brust abwärts gemustert hatte, hängte er noch ein „Wir natürlich auch" dran. Als sie wieder zurück im Speisesaal waren, stand Reinhilde immer noch mit einem Putzlappen bewaffnet da und begann einen Monolog, dem aber niemand folgte, da die Herren mit Frühstücken beschäftigt waren. Und sie achteten darauf, dass Charly Weger ausreichend Nahrung zu sich nahm. Außerdem diskutierten sie darüber, was denn nun mit der Putzfrau und ihrem neuen Sohn passieren solle. Als Dimitri Charly Weger so nannte, brachen beide erneut in unhaltbares Gelächter aus. Dann aber äußerte Dimitri seine Sorge über die Möglichkeit, dass die Putzfrau sie verpfeifen könne. Der Pathologe war hier glasklar und bestimmt: „Wir lassen sie gehen. Wer so dumm ist wie die, der kann uns nicht verpfeifen, und wenn sie es versucht, glaubt ihr keiner."

Sie steckten Reinhilde ein Extra-Trinkgeld in erklecklicher Höhe zu und erklärten ihr, dass sie Wasserproben machen müssten, weil die Wasserleitungen im alten Gasthaus in keinem guten Zustand mehr seien. Das war Erklärung genug für Reinhilde, die das sowieso für einige Wochen, in einem Versuch des Verstehens, sickern lassen musste. Endlich war sie aus der Tür draußen, nicht ohne einer ganzen Reihe von Zugaben, die sie ungefragt immer wieder zurück eintreten ließen, um ausschweifenden Bagatellen und Nebensächlichkeiten eine Bühne zu bieten. Dann war sie endlich weg. Zwar nur vorläufig, aber sie war weg. Was für die Herren bedeutete, sie konnten sich wieder an die Arbeit machen, für die letzte Chance, die Operation *Wake-up* umzusetzen.

Als erste Maßnahme wurde Charly Weger vorsorglich in sein Zimmer gesperrt. Dimitri brachte ihm einige uralte Illustrierte zur Unterhaltung und versprach einen baldigen Besuch. Zurück im Speisesaal waren beide Wissenschaftler im Wiederaufbau ihres Labors noch gewissenhafter und fast schon ritualisiert und demütig der Sache gegenüber. Die Tragweite eines möglichen endgültigen Scheiterns lud zusätzliche Verantwortung auf ihre Schultern. Damit dauerten die Vorbereitungen bis zum späten Abend.

Es war kurz vor Mitternacht, als die letzte Stammzelle des Gletschermanns in die Behandlung kam. Alles lief hervorragend. Die Regenerationsaktivität begann sogar schneller als beim vorigen Versuch. Intensiver zudem.

Mit glücklichen Gesichtern starrten die beiden Rentner für volle zwei Stunden auf die Apparatur und ihr Innenleben.

Allem Enthusiasmus zum Trotz wurde der Pathologe müde. Zu viel Aufregung in den letzten Tagen. Es half nichts. Er musste ins Bett. „Geh nur, schlaf dich", sagte Dimitri, der ihn damit beruhigte, Wache zu schieben, da man selbst in dieser abgelegenen Gegend nie wisse, wer hereinschneien und alle Mühe zunichtemachen könnte. Um sich nicht allein zu fühlen bei seiner wichtigen Aufgabe, kramte er aus der russischen Metall-Transportkiste eine Kalaschnikow hervor, setzte sich auf einen Stuhl und legte das Maschinengewehr geladen und entsichert auf seinen Schoß. Um wach zu bleiben, vertraute Dimitri zum einen seinem Kartoffeldestillat und zum anderen einer alten Agententechnik. Diese bestand darin, darüber nachzudenken, was in der aktuellen Mission alles schieflaufen könnte. Gute zwei Stunden später war Dimitri überzeugt, dass die letzte Zelle des Mannes aus dem Eis einer zu großen Herausforderung gegenüberstand. Seit 5300 Jahren tote Zell-Kollegen zu regenerieren, war zu viel. Sie brauchte Hilfe. Für diese Eventualität hatte er in seiner Metallkiste einen kleinen Behälter, der aus dem Kreml stammte und Zellmaterial von Vladimir Illitsch enthielt.

Kurz vor dem Einführen des Materials in den laufenden Regenerierungsprozess im Behelfslabor im Berggasthof Enzian, überkam Dimitri ein Hauch von Zweifel. Ob er nicht doch den Pathologen hinzuziehen sollte. Aber wie immer in solchen Fällen befragte er lieber das Wodka-Orakel. Ein großer Schluck brannte entweder im Weisheitszahn oder er brannte nicht. In diesem Fall brannte er nicht. Also schlief der Pathologe entspannt bis zum nächsten Morgen. Pünktlich um 7:00 Uhr kam er mit zwei großen Tassen Kaffee zu Dimitri in den Speisesaal. Beide freuten sich über die unglaublich gesteigerte Zellregeneration.

„Wenn es so weitergeht", tönte der Pathologe, „können wir bereits heute Abend mit den Injektionen beginnen."

Der Pathologe sollte recht behalten mit seiner Prognose. Noch am Abend desselben Tages war es so weit. Die zwei mittlerweile voll unter Adrenalin stehenden Forscher im Rentnerstatus konnten gut hundert Dosierungen vorbereiten. Die Spritzen injizierten sie, eine nach der anderen, in den Körper des Eismannes. Ihr Ziel war es, möglichst alle Gewebeformen zu erreichen. Die bis dato aber eigentlich unvorstellbare Regenerationsaktivität der Uraltzelle und ihrer Klone trieb beide in einen unendlichen Enthusiasmus. Als sie alle Injektionen durchgeführt hatten, setzten sie sich neben den improvisierten OP-Tisch im Speisesaal und beobachteten leise, was passierte. Unter der bisher gegerbt aussehenden Haut des Mannes vom Hauslabjoch begann sich etwas zu regen. Die Haut selbst verlor langsam den bräunlichen Ton und wurde heller. Es sah so aus, als ob alles Gewebe wieder an Substanz gewann. Dimitri stellte außerdem eine leichte Änderung der Körpertemperatur fest. Sie stieg an. An den Stellen der Injektionen bildeten sich pulsierende Beulen, die sich über den ganzen Körper ausbreiteten.

Das Rentnerduo war fasziniert und überrascht von der Geschwindigkeit der Regeneration. Die beiden führten es zum einen auf die Anzahl der eingeschalteten Gene zurück: Bei Eidechsen, die sich mit dem Menschen denselben genetischen Koffer teilten, waren 326 Gene bei der Regeneration des Schwanzes aktiviert; bei Ötzi hatten die beiden nicht ausgebildeten Genetiker über 3000 sequenziert und in das Molekülpräparat eingearbeitet. Zum anderen hatten sie gezielt auf Satellitenzellen gesetzt. Darauf hatte Dimitri bestanden, da er im Team der Einzige war mit – wenn auch indirekter – Weltraumerfahrung. Satellitenzellen hatten den Vorteil, schnell zu wachsen, und konnten sich zu Zellen der Skelettmuskulatur und anderer Gewebe entwickeln. Hinzu kam die These des Pathologen, dass die Zellen eines Menschen aus der Steinzeit noch eine Urkraft besaßen. Diese wurde von Dimitri aber in einer Reihe mit dem schamanischen Blutwurst-Orakel abgelegt.

So vergingen die Tage. Die Herren beobachteten den Patienten und versorgten den immer noch verwirrten und in sich gekehrten Charly Weger. Sie ließen ihn zwischendrin an die Luft und diskutierten stundenlang darüber, ob sie den Plan zur Gen-Sequenzierung sowie das Molekülrezept dokumentieren sollten oder nicht. Vorerst einigte man sich darauf, dass die Gletscherleiche ein einmaliges Geschenk der Vergangenheit an die Jetzt-Zeit war. Einmal könne man in den Lauf der Dinge eingreifen, aber nicht öfter.

So verging Woche um Woche. Der Gletschermann entwickelte sich langsam, aber prächtig. Nach vier Wochen traute ihm der Pathologe die erste Ultraschall-Untersuchung zu. Die Organe waren im Prinzip fast alle wieder angelegt. Zufrieden lächelnd, schaltete er das Untersuchungsgerät wieder aus: „In zwei Wochen wird er wieder sein funktionales Herz haben."

„Fuhlst dich ein bisschen wie dein Gott?" Dimitri war an diesem Tag etwas eigenartig. Daher ging der Pathologe nicht auf seine Provokation ein, beschloss aber, die Rationierung der zugestandenen Tagesmenge an Wodka zu erhöhen.

Die nächsten zwei Wochen vergingen ohne große Zwischenfälle. Es war an der Zeit, die Organe erneut zu überprüfen. Der Pathologe aktivierte das Ultraschallgerät und setzte es dem Gletschermann an die Brust. Alles war hervorragend. Auch das Herz. Nur, es schlug nicht.

Ratlosigkeit machte sich breit. Sie beschlossen, noch mal 24 Stunden zu warten. Dimitri wünschte sich trotzdem einen Plan B. Der Pathologe dachte kurz nach und sagte: „Ich übernehme die erste Wache bis 2:00 Uhr. Du gehst schlafen und ich denke über alle Möglichkeiten nach." Dimitri war einverstanden.

In den folgenden Stunden wurde dem Pathologe die Tatsache bewusst, dass er sein Leben lang nur mit faktisch toten Patienten zu tun gehabt hatte. Wiederbelebung war nicht sein Fachgebiet.

Als der Pathologe Dimitri zum Schichtwechsel weckte, gab er ihm die Aufgabe ungelöst weiter. Dieser kam in den restlichen Nachtstunden nur auf eine banale Lösung: ein Defibrillator. Dank der neuen gesetzlichen Bestimmungen war der Berggasthof, wie auch alle anderen öffentlichen Einrichtungen, in denen sich mehr als zehn Personen zeitweise oder über einen längeren Zeitraum gemeinsam aufhielten, mit einem solchen ausgestattet.

Dimitri weckte den Pathologen und erzählte ihm von seiner Idee. Gleichzeitig reichte er ihm das Gerät und sagte: „Du bist das Arzt. Ich mache Elektrik." Es wäre dem Pathologen lieber gewesen, darauf zu warten, bis sich die Situation von alleine löste. Aber in seinem Innersten wusste er: Dimitri hatte recht. Entweder das verdammte Herz begann zu schlagen oder es war alles umsonst gewesen. Darum nickte er Dimitri zu und sagte: „Bereit."

Dimitri antwortete: „Bereit auch!"

Dimitri aktivierte das Gerät, dann zählte der Pathologe bis drei und legte die Paddles an die mittlerweile wieder behaarte Brust des Eismannes an.

Nichts passierte.

Der Pathologe maß den Puls. Schüttelte verneinend den Kopf. Sie setzten noch einmal an. Wieder nichts. Noch einmal und noch einmal.

Nach einer Dreiviertel Stunde gaben sie auf. Sie setzten sich, ohne ein Wort zu reden, auf die Terrasse. Der Pathologe hatte eine Flasche Kräuterschnaps dabei.

4 Der Abschied

Es folgten zwei Stunden heftigster Vorwürfe. Nicht gegenseitig, sondern abwechselnd jeweils sich selbst gegenüber. Dann wieder langes Schweigen, das erst ein kalter Windstoß unterbrach. Der Pathologe bemerkte tieftraurig: „Wir waren unendlich vermessen zu glauben, wir könnten den langen, alten Tod überwinden."

„Wer nicht probiert, weiß nie, ob es geht", erwiderte Dimitri mit einem Schulterzucken. Er wusste, dass der Pathologe jetzt noch eine Diskussion über Ethik, die Schöpfungsfrage und die Grenzen des wissenschaftlich Machbaren führen wollte. Darauf hatte er aber keine Lust, zumal der Kräuterschnaps für ein nicht russisches Produkt formidabel mundete: „Was soll jetzt mit armes Ottsimann geschehen?"

Die Option, ihn ins Museum zurückzubringen, wurde unausgesprochen von der Liste der theoretischen Möglichkeiten sofort gestrichen. Der damalige Auffindungsort war auch nicht geeignet, da ein erneutes Einfrieren der Leiche die Möglichkeit mit sich brachte, dass in einigen Monaten oder Jahren der ganze Zauber von vorne losging.

Für eine Beerdigung war weder der in der Gegend übliche römisch-katholische noch der ex-kommunistische, neuerdings wieder russisch-orthodoxe Ritus angebracht. Und der für den Gletschermann angemessene Bestattungsritus aus dem Frühsommer vor 5300 Jahren war weder dem Pathologen noch dem Molekularbiologen wirklich geläufig, wie übrigens auch den Wissenschaftskollegen aus der Ur- und Frühgeschichte.

Passend zur Tristesse der Situation, entschied der Pathologe, aus dem Keller des Berggasthofes eine weitere Flasche Schnaps zu holen. Er kam mit einer Flasche Williams zurück, die Dimitri besonders gut schmeckte. Als auch diese Flasche zur Neige ging, hatten die beiden sich endlich auf eine Form des Abschieds geeinigt.

Oberhalb des Gasthauses ragte aus dem Wald ein Hügel heraus, mit einer stattlichen Lärche, alleinstehend auf einer Lichtung. Der Platz hätte das Zeug zur Kultstätte, befanden beide. Dort wollten sie Ötzi niederlegen und der natürlichen Verwesung überlassen. So wie es damals ohnehin hätte passieren sollen, wäre da nicht ein unerwarteter Wintereinbruch dazwischengekommen. Dieser Plan versöhnte sie beide wenigstens etwas. Der Pathologe ging zu Bett, Dimitri wollte noch den letzten Schluck aus der Flasche nehmen und versprach, anschließend ebenfalls zu Bett zu gehen. In Wirklichkeit hatte er aber sich selbst und dem im Speisesaal liegenden nackten Ötzi ein Versprechen gegeben. Er wartete, bis der Pathologe eingeschlafen war, und fuhr mit dem Lkw talwärts.

Erst im Morgengrauen kam er zurück. Er ging erst gar nicht mehr zu Bett, sondern direkt in die Küche und machte Kaffee. Vom Geruch geweckt, kam der Pathologe dazu und machte wie jeden Morgen das Radio an, um Nachrichten zu hören. Bereits die erste Meldung des Tages erregte seine ungeteilte Aufmerksamkeit.

„Im Archäologiemuseum", sprach ein gelangweilt klingender und unter akuter Koffein-Unterversorgung leidender Nachrichtensprecher, „dem sogenannten Ötzi-Museum, ist es heute Nacht zu einem spektakulären Einbruchsdiebstahl gekommen. Dabei wurde eine Reihe von Gegenständen entwendet. Auch die Rekonstruktionen von Ötzis Kleidungsstücken auf Basis der Fundstücke bei der Gletscherleiche und das Original-Kupferbeil sind den Dieben zum Opfer gefallen. Die Polizei bittet um sachdienliche Hinweise."

Schon während der Meldung drehte sich der Pathologe zu Dimitri um. Kaffee tropfte von seinem Oberlippenbart zurück in die Tasse, die er sich ans Kinn hielt. Seine Augen waren aufgerissen. Dimitri blickte so unschuldig, wie er nur konnte. „Willst du armes Ottsimann nackt auf Wiese legen?"

Der Pathologe versuchte, sein ganzes Gesicht und den Kopf in die Tasse zu stecken. In dieser Position wäre er am liebsten geblieben, zumal draußen eine heftige Gewitterfront aus dem Süden aufzog. Es bildeten sich Angstschweißperlen auf dem Nacken des Pathologen und er bestand darauf, den Lkw zu entsorgen, damit es keine Spur zu den beiden geben konnte. Er wusste auch schon wo. Rund 200 Meter vor dem Berggasthaus gab es eine tiefe Schlucht. Die war geeignet, zur letzten Ruhestätte des Lkw zu werden.

„Nimm etwas von dem Sprengstoff mit", wies der Pathologe den Russen an. Für Dimitri waren die eben erlebte Nacht und das jetzige Vorhaben eine willkommene Ablenkung von der bevorstehenden Abschiedszeremonie.

Die Operation *Spurenverwischen* verlief reibungslos. Lediglich in der Dosierung hatte Dimitri übertrieben. Die Explosion riss nicht nur den Lkw in handgroße Stücke, sondern auch einen riesigen Brocken der Felswand aus der Schlucht. Alle Lkw-Teile blieben darunter begraben.

Auf dem Weg zurück zum Gasthof wussten beide, dass es nun wohl keinen Aufschub mehr geben konnte. Der Himmel über ihnen verdunkelte sich immer mehr. „Es wird bald heftig regnen", warnte der Pathologe. Daher beeilten sie sich und bekleideten den Eismann mit dem Diebesgut der letzten Nacht. Sie zogen ihm das Beinkleid aus Fellstücken der Hausziege an. An den Laschen aus Rindsleder unten an der Hose befestigten sie seine Schuhe aus Hirschleder, Stroh und Grasschnüren.

Dann zogen sie ihm den Lendenschurz aus Schaflederstreifen und die Gürteltasche an. Nun hievten sie Ötzi vom OP-Tisch auf die Transportliege und bedeckten ihn mit dem Fellmantel und der Bärenfellmütze. Neben ihm platzierten sie sein Beil mit der Kupferklinge, seinen Dolch, den Bogen und den Nachbau seines Köchers samt Pfeilen. Ötzi war bereit für seinen letzten Gang.

Die beiden Rentner nahmen ihre Aufgabe sehr ernst. Als seine persönlichen Leichenträger holten sie die Liege aus dem Wagen und begannen ihren Aufstieg zum Hügel. Dimitri stimmte ein altes russisches Trauerlied an, dessen Anzahl an Strophen bis ganz oben am Hügel reichte. In der Mitte der Lichtung angekommen, legten sie den Mann aus dem Eis in seiner wiedergewonnenen stolzen Erscheinung unter der großen Lärche sanft ins Gras. Sie kreuzten seine Arme auf der Brust und legten das Beil in seine rechte Hand.

„Schaut aus wie Pharao", durchbrach Dimitri die mystische Stille.

„Er war ein Stammesführer. Das passt schon so", sagte der Pathologe.

Da die Ruhe nun schon gestört war, entschied sich der Pathologe kurzerhand für eine kleine Grabrede.

„Lieber Ötzi, du warst mir ein guter Freund …"

„Uns", fuhr Dimitri dazwischen.

„Du warst einer jener Freunde", fuhr der Pathologe fort, „die wissen, wann man den Mund halten muss. Du wirst uns fehlen."

Starker Regen prasselte auf sie nieder. Das machte es den beiden Herren einfacher, hemmungslos zu weinen, da sich die Regentropfen unauffällig mit den Tränen vermischten. Gleichzeitig donnerte es ohrenbetäubend laut und erste Blitze krachten unweit in die Bäume. Der Pathologe und Dimitri beschlossen, ins Gasthaus zurückzulaufen. Kaum waren sie fern der Lichtung, schlug ein Blitz in die einsame Lärche, unter die sie den Eismann gebettet hatten. Der Weg erschien taghell und die beiden waren froh, das Gasthaus erreicht zu haben. An diesem Abend gingen sie ohne viele Worte früh zu Bett.

Eine neue Welt

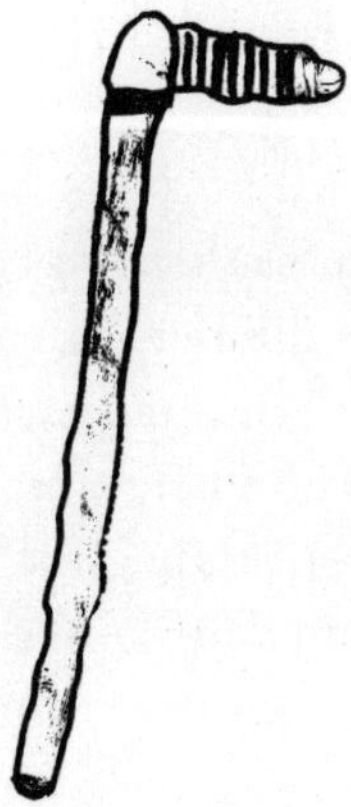

1 Der Besuch

Wie zu erwarten war, hatte der Pathologe in dieser Nacht schlecht geschlafen. Das Gewitter hatte noch einige Stunden angedauert. Ein paarmal war er aufgewacht, völlig nassgeschwitzt. Er hatte das Bild des Eismannes vor Augen. Nicht so, wie er ihn in den letzten Jahrzehnten gesehen hatte, sondern so wie in den letzten Tagen: frisch, ein gesunder Mensch, der dalag, als würde er nur ein kurzes Schläfchen machen und gleich wieder aufstehen. Er war froh, dass diese Nacht zu Ende war.

Und so setzte er sich noch vor Sonnenaufgang auf die Terrasse. Mit den ersten Strahlen riss die Wolkendecke auf, Nebelfetzen zogen über die Berghänge und lösten sich auf. Der Pathologe liebte die Stunden nach einem Gewitter in den Bergen. Es gab nichts Reineres, nichts Klareres und Wohlriechenderes. Um das Spektakel noch besser zu sehen, ging er bis ganz nach vorne an den Zaun der Terrasse und stellte sich nahe dem Bergahornbaum auf. Von dort hatte man die beste Sicht ins Tal.

Er genoss die Ruhe an diesem Ort, besonders um diese Tageszeit. Aber heute hörte er eigenartige Geräusche. Er beugte sich über den Zaun, um nach unten zu sehen, zum Fuß der Mauer. Er hatte das Gefühl, es sei soeben jemand vorbeigehuscht. Und plötzlich kam ihm vor, als stehe einer hinter ihm. Er drehte sich ruckartig um. Aber da war niemand.

Plötzlich spürte er einen Griff an den Fersen. Es zog ihm den Boden unter den Füßen weg und alles drehte sich. Die Terrasse, das Gasthaus, alles war plötzlich am Himmel festgemacht. Er schrie laut.

Im Berggasthof im ersten Stock, in Zimmer drei, träumte ein pensionierter russischer Molekularbiologe genau zur selben Zeit, unter dem Eindruck des Donnerwetters in der vergangenen Nacht, von einem Sondereinsatz in Afghanistan, den er einmal als wissenschaftliches Begleitcorps absolviert hatte. Damals war es darum gegangen, eine russische Sondereinheit über die Verabreichung von biochemischen Substanzen schmerzfreier zu machen. Irgendjemand im Zentralbüro hatte darauf bestanden, das Ganze vor Ort unter möglichst reellen Bedingungen zu testen. Dimitri hatte daher eine Art Glückshormon in die Substanz gemischt, was die Kämpfer bei Schmerzen Freude erfahren ließ. Die daraus resultierende Übermotivation und der buchstäbliche Einsatz ohne Rücksicht auf Verluste hatten die Einheit so schnell dezimiert, dass Dimitri recht bald als einziger Überlebender ausgeflogen werden musste.

Plötzlich hörte Dimitri Schreie, die von draußen ins Zimmer drangen und so klangen, als würden sie von dem Pathologen stammen. Er setzte sich im Bett auf, rieb sich die Augen und spitzte die Ohren. Er hörte noch mal hin.

Dimitri zog sich rasch an, lief die Treppe hinunter und so schnell es ging auf die Terrasse. Hier hörte er den Pathologen klar und deutlich, nur sah er ihn nicht. Er verstand auch nicht, was der da schrie. Genauso wenig, wie er ausmachen konnte, ob es ein Hilferuf oder ein Jubelschrei war. Oder beides. Nach einigen Augenblicken sah Dimitri oben am Bergahornbaum etwas baumeln.

„Wow! Yiepieh! Ha ha!"

Es waren Jubel, Lachen und Begeisterung, obwohl der Pathologe kopfüber am Baum hing. Dimitri fühlte sich in diesem Moment an die Endphase im Leben seines Professors erinnert. Aufgrund des langjährigen Konsums von Selbstgebranntem hatte dieser häufig Deliriums-Zustände, in denen er unglaubliche Sachen anstellte. Aber so eine Nummer, wie der Pathologe am Baum mit einem Fuß zu hängen, kopfüber, so etwas hatte nicht mal sein Professor geschafft. Also blieb ihm nichts anderes übrig, als den Pathologen direkt zu fragen. Dimitri rannte zu ihm hinüber.

„Machst du jetzt Pantschihupfen? Oder wolltest du dich selbst morden und hast falsches Ende angeknupft?"

Der Pathologe baumelte wie absichtlich von rechts nach links, streckte die Arme aus und rief: „Er ist so schön. Du solltest ihn sehen! Er ist so voller Kraft und so schnell. Es ist unglaublich. Ich könnte weinen." Hiermit war Dimitri endgültig davon überzeugt, dass die Ereignisse den guten alten Pathologen in den Wahnsinn getrieben hatten. Er begann darüber nachzudenken, wie er ihn von da oben herunterkriegen würde, ohne dass der Pathologe noch größeren Schaden nehmen würde. Da spürte Dimitri einen Schlag auf die Schulter und kippte nach vorne, weil ein Stock zwischen seinen Füßen ihn zum Stolpern gebracht hatte. Kaum stand er wieder gerade, drückte ihn eine Hand nach hinten bis zur Holzwand des Gasthofes. Er knallte hart mit dem Rücken gegen die Wand, sodass er das Gefühl hatte, sein Kreuz habe lauter gekracht als die Bretter. Es war so, als würde sich das Gehirn aufgrund der Schmerzen zusammenziehen wie ein Muskel und seine Kontraktion an die Augen weitergeben, um damit seinen Blick zu schärfen für den Mann, der ihn nun an der Kehle festhielt. Dimitri war überzeugt, nun ebenso wahnsinnig geworden zu sein. Er schwor, ab nun für den Rest seines Lebens alkoholabstinent zu bleiben.

Vor ihm stand der Mann aus dem Eis. Kraftvoll. Zornig. Er näherte sich bis auf zwei Zentimeter mit seiner Nase dem

Gesicht des Russen. Dann rammte er sein Kupferbeil in den Türstock, wenige Zentimeter neben den Kopf von Dimitri. Der Eismann atmete ruckartig, sodass seine Nasenflügel sich hoben und senkten.

Oben am Baum juchzte immer noch der Pathologe: „Ist das nicht geil? Schau, wie stark er ist!"

Dimitri konnte das g-Adjektiv zur Beurteilung seiner Situation nicht teilen.

„Gar! An pu bhrag gri!", schrie ihn der Eismann an und ließ seine Kehle los, um ihn am Nacken zu packen und zu Boden zu stoßen. Er verschnürte ihn mit den Handgelenken an den Knöcheln. Dimitri kauerte nun mit dem Gesicht nach unten. Ötzi öffnete seinen Lendenschurz und begann, auf den russischen Molekularbiologen, der ihm gemeinsam mit dem baumelnden Pathologen sein Leben wiedergeschenkt hatte, zu urinieren, begleitet von einigen Urlauten und einem infernalischen Gelächter des Pathologen, der sich mit dem Kommentar begeisterte: „Ein Unterwerfungsritual! Wunderbar!" Dimitri fand den Ammoniakgehalt der Flüssigkeit, die ihn nun über und über bedeckte, eher unausstehlich und war kurz davor, sich zu übergeben.

Der Eismann stülpte seinen Lendenschurz wieder über den Gürtel und verschwand in Richtung Hügel. Beide Herren konnten das in ihrer nicht vorteilhaften Situation gerade noch aus den Augenwinkeln heraus beobachten.

2 Die Annäherung

Über eine Sache herrschte Gewissheit. Die beiden Herren brauchten Hilfe. Dringend, denn der Pathologe, der drei Meter über dem Boden hing, begann schon, alles verschwommen zu sehen. Auch schwand sein Enthusiasmus im Sekundentakt. Dimitri begann aus tiefer Brust nach Charly Weger zu rufen. Erst nach mehreren Versuchen kam dieser im ersten Stock des Gasthauses aus seinem Zimmer auf den Balkon und Dimitri rief zu ihm hinauf: „Hilfe, bitte hilf uns.“

Charly Weger stand da und betrachtete abwechselnd den Pathologen und den Russen. Jetzt wäre eigentlich genau der Moment, um seine Amnesie zu vergessen und aktiv zu werden. Dimitri begann, auf Russisch zu fluchen. Nach fast einer Minute des Nichtstuns sprang Charly Weger über das Balkongeländer auf einen hohen Holzstapel, von dort auf die Terrasse und dann hinein in die Küche, von wo er mit einem Messer retourkam. Er setzte es an die Fesseln von Dimitri und schnitt ihn los. Er sprang zurück auf den Holzstapel, von dort auf den Balkon und verschwand kurz im Zimmer. Dann kam er mit zwei Matratzen wieder heraus, warf sie über den Balkon hinunter und gab Dimitri die Anweisung, sie direkt unter dem Pathologen zu positionieren.

Jetzt befestigte er das Küchenmesser mit einem Stück Schnur an einem Besen. Damit erreichte er das Seil, an dem der Pathologe hing. Es gelang ihm, das Seil zu kappen. Der Pathologe landete halb auf Dimitri, der seinen Absturz bremsen wollte, und halb auf den Matratzen. Nach zwei leichten Ohrfeigen war der Pathologe wieder ansprechbar. Charly Weger fühlte sich großartig. Dimitri dankte ihm herzlich.

Oben auf dem Hügel auf der Lichtung sahen sie den Eismann, der mit dem Bogen in der Hand die Szene beobachtet hatte. Der Pathologe rümpfte die Nase: „Dimitri, du brauchst eine Dusche und frische Klamotten."

„Ja, ganz schnell, auch", antwortete Dimitri.

Charly Weger kümmerte sich nun um die Matratzen. Er brachte sie wieder ins Zimmer zurück, legte sie in das Bettgestell und streckte sich darauf aus mit den Worten: „Cool gemacht!" Dabei sabberte er.

Die beiden Rentner gönnten sich ein ausgiebiges Frühstück, das beim Denken helfen sollte, denn nun benötigten sie ohne Zweifel einen Plan. Der Eismann lebte. Und wie. Aber er schien sich von ihnen bedroht zu fühlen.

„Dass er verwirrt sein würde nach dem langen Schlaf, damit habe ich gerechnet. Aber er scheint etwas feindselig zu sein", warf der Pathologe ein.

„Charly? ", fragte Dimitri.

„Nein, Ötzi. Wir müssen irgendwie einen Zugang zu ihm finden."

Mittlerweile stieß auch Charly Weger dazu, der wieder wie apathisch wirkte. Dimitri fing sich aus diesem Grunde mehrmals böse Blicke vom Pathologen ein, samt der Bemerkung: „Du und deine Dosierungen ..."

Da sie schon zu Ende gefrühstückt hatten, beschlossen sie, die Diskussion in der Küche beim Abwasch weiterzuführen. Plötzlich tippte Dimitri dem Pathologen auf die Schulter und zeigte durchs Fenster auf die Terrasse. Da saß Charly Weger am Tisch, mit zwei Riesenbrötchen und einer großen Tasse Kakao. Ihm gegenüber stand der Eismann. Charly hielt ihm eines der Brote hin. Ötzi roch daran, nahm es an sich und biss hinein. Er schien angetan zu sein vom Geschmack des

Brotes samt Schokoladecreme. Charly reichte Ötzi nun auch noch seine Riesentasse, aus der dieser sofort einen herzhaften Schluck nahm. Der Pathologe grinste Dimitri an und beide wussten, dass es einen Weg gab, um mit dem Eismann in Kontakt zu treten. Charly Weger war die Schlüsselfigur.

Eine anspruchsvolle Aufgabe, wie sofort klar wurde. Ötzi hielt Charly nun eine frischgefangene, tote Feldmaus hin, die er aus seiner Gürteltasche geholt hatte. Charly nahm sie an sich und versuchte, sie am Tisch zum Laufen zu motivieren. Der Eismann beobachtete dies und hackte der Maus kurzerhand mit seinem Kupferbeil den Kopf ab. Dann reichte er den Mauskopf seinem Gegenüber und hob ihn direkt vor seinen Mund. Charly Weger verstand und machte den Mund auf, etwas zögerlich begann er zu kauen und schluckte den Kopf hinunter. Ötzi grinste, griff Charly an den Schritt und nickte, wie die Menschen aus unserer Zeit beim Schulterklopfen es tun. Instinktiv tat Charly Weger, der anderswo vermisste Stadtpolizist, der eine schlabbrige, russische Militär-Jogginghose samt Oberteil trug, dasselbe beim Eismann, den das Ganze zu erfreuen schien. Hätten Charlys Kollegen im Büro der städtischen Ordnungskräfte ihn so gesehen – mittlerweile mit Vollbart –, hätten sie wohl ihren Augen nicht getraut.

Diese hatten in der Zwischenzeit beschlossen, eine Art Sonderkommission zu gründen, da sie seit Wochen keine Nachricht mehr von ihm erhalten hatten. Als Leiter für die Sonderermittlung war kollektiv Walter Baumeister bestimmt worden, weil er spontan kombiniert hatte, dass das Verschwinden von Charly Weger irgendwie mit dem Einbruch im Archäologiemuseum in Verbindung stehen musste, zumal der Vermisste zuletzt dort in unmittelbarer Nähe gesehen worden war und es einen weiteren Hinweis gab.

3 Die Neugier

Unweit des Museums fand am Morgen darauf eine Pressekonferenz statt: „Zum Ermittlungsstand in Sachen Diebstahl der Beifunde des Mannes aus dem Eis und weiterer Ausstellungsexponate“, an der auch Walter Baumeister teilnahm. Entgegen der sonstigen Gepflogenheiten der städtischen Polizei, im Dienst eine Uniform zu tragen, erschien er in Zivilkleidung und versuchte, sich unauffällig zu verhalten. Er setzte sich in die letzte Reihe und mimte den zwar neugierigen, aber medienfremden Zuschauer, dem man maximal die Funktion eines Hobby-Archäologen zutraute.

Diese Form der Teilnahme war aber keine Ermittlungstaktik, sondern beruhte einzig und allein auf der Tatsache, dass in Italien, wo der Fundort der Gletscherleiche lag, ein furchtbares Wirrwarr und Sammelsurium an Polizeikräften herrschte. Vermisste, Ermordete oder auch Raubüberfälle bzw. Diebstähle, wie der vorliegende Fall im Museum, waren Sache der Staatspolizei oder der Carabinieri. Je nachdem. Die Staatspolizei unterstand dem Innenministerium, die Carabinieri wiederum dem Verteidigungsministerium. Auf lokaler Ebene unterstanden beide Kräfte dem Quästor, dem lokalen Vertreter der zentralen Regierung. Dessen Aufgabe war es, die öffentliche Ordnung und die öffentliche Sicherheit zu garantieren. Dazu standen ihm dann noch weitere Polizeikräfte, wie die „gelben Flammen“, zur Verfügung, die Finanzpolizei, die sich um Grenzsicherung, Gerichtsdienste usw. kümmerte.

Walter Baumeister war wie auch Charly Weger ein Gemeindebediensteter, zuständig für Verkehr und Verwaltungsangelegenheiten. So war zum Beispiel der beliebteste Dienst die Lizenzkontrolle der Ausschankbetriebe. Die Lizenzen mussten jedes Jahr erneuert und hierfür mit der sogenannten Stempelgebühr versehen werden. Zu entrichten in Form einer Stempelmarke in der Höhe von 16,31 Euro. Eine Lappalie, gewiss, die der vergessliche Gastwirt dann häufig mit sozialer Jovialität zu kompensieren versuchte, um nicht die achthundertfache Strafgebühr zahlen zu müssen. Nicht nur einmal wurde die Stempelmarke dann von den städtischen Ordnungskräften zu späterer Stunde selbst geklebt, mit vorheriger Befeuchtung derselben durch raue Mengen an Alkohol.

Die Stadtpolizei hatte weder in den Augen der Staatspolizei noch der Carabinieri eine höhere Kompetenzzuordnung als Ampeln oder Geschwindigkeits-Messgeräte. Wie sich aber wiederum die Zuständigkeiten zwischen der Staatspolizei und den Carabinieri aufteilten, war eines der Mysterien des modernen Italiens. Um diese Zuständigkeiten zu verstehen und zu ordnen bzw. sogar zu dokumentieren, wurden nach dem Zweiten Weltkrieg bis in die neunziger Jahre unzählige Parlaments-Kommissionen beauftragt. Ohne Erfolg. Seit dieser Zeit zog es Italien vor, pro Tag rund 180.000 Euro an die EU als Strafzahlung zu leisten. Wegen Doppelgleisigkeiten und mangelndem Reformerfolg in Sachen Polizeikräfte.

Genau das waren die Gedanken, die Walter Baumeister im Kopf herumschwirrten, während er auf den Beginn der Pressekonferenz wartete.

Langsam füllte sich der Raum mit den üblichen Vertretern der Lokalpresse, die mit ihrer gestresst wirkenden Langeweile das Gefühl hatten, wieder einmal vom Chefredakteur in die fadeste Veranstaltung des Tages entsandt worden zu sein. Eine buffetlose zudem. Da waren Bilanzpressekonferenzen der heimischen Banken oder Großunternehmen wegen ihrer Caterings deutlich beliebter. Das waren reinste Fress-

Konferenzen. Am schlimmsten waren die PKs der Öffentlichen. Besonders jene der Polizei. Es war immer, als wäre man auf dem Weltkongress der Power-Point-Trash-Vereinigung gelandet.

Walter Baumeister hatte trotzdem Glück: Direkt neben ihm nahm ein Journalist Platz, dessen Namen er sich partout nie merken konnte, der aber in der Provinz als der *Aufdecker* galt. Sein Name war im Vergleich zu seiner Erscheinung irrelevant. Er war der bewusste, seit Jahrzehnten penibel gepflegte Kontrapunkt zum stinknormal aussehenden Mainstream. Er war aber nicht der gestylte, voll parfümierte selbsternannte Megastar, nein, er schien eher dem Film *Easy Rider* entstiegen zu sein, über irgendwelche wildgewordenen Materieteilchen vom Motorrad abgestiegen in die tiefste Provinzlangeweile. Nicht dass er das der Provinz zum Vorwurf gemacht hätte. Nein, ebenso wenig fuhr er Motorrad. Das war ihm irgendwie zu aufwendig. Trotzdem trug er die Haare und den Bart wie in den späten sechziger Jahren, abgetragene Jeans, schlabbrige Sandalen und ein ebensolches Leinenhemd.

Die angekündigte Beginnzeit der Pressekonferenz war zwar bereits überschritten, aber alle im Saal wussten, dass Commissaria Valeria Gambalunga nicht begann, bevor die zwei Herren der Nachrichtenagenturen nicht erschienen waren. Diese liefen nach einer guten Viertelstunde ein: der Vertreter der italienischen Agentur und kurz dahinter der wie immer affektierte Herr der österreichischen Agentur, die nicht minder wichtig war in diesem Teil der Alpen, der immerhin vor fast hundert Jahren noch zum ehemaligen Reich gehört hatte.

Den verzögerten Beginn hatte Walter Baumeister geschickt genutzt, um den neben ihm sitzenden Journalisten zu briefen. Es sei nämlich ein Kollege von ihm, der immer rund ums Museum seinen Dienst tat, verschwunden. Da stecke schon mehr dahinter als ein reiner Diebstahl. Der Journalist spitzte seine Ohren, grinste in die Barthaare hinein und hatte dieses Glänzen in den Augen, das er immer hatte, wenn er Fährte gerochen hatte für Ungereimtheiten, Skandale oder sogar Verschwörungen. Dieser Fall schien auf den ersten Blick relativ weit oben in dieser Skala angesiedelt zu sein. Der Journalist bremste Walter Baumeister wegen der allzu vielen anwesenden Konkurrenz-Ohren ein: „Gehen wir nachher auf einen Kaffee, hier ist nicht der richtige Ort."

Walter Baumeister verstand. Inzwischen war Commissaria Gambalunga einmarschiert und alle männlichen Anwesenden grinsten über den Zusammenhang ihres Nachnamens mit der anregenden Anatomie. Zwei weibliche Journalistinnen eines lokalen TV-Senders rollten ihre Augen, als wollten sie damit ihren Silikon-Pölsterchen signalisieren, es ihnen gleichzutun.

Valeria Gambalunga war aber sachlich genug, um sich nicht vom Knistern im Saal beeinflussen zu lassen. Weder vom positiven noch vom negativen. Während die männliche Journalistenriege an den Lippen der Commissaria hing, teils sogar konzentriert auf den Inhalt, versuchten die zwei Damen des Lokalsenders alle möglichen unvorteilhaften Kameraeinstellungen.

Nach einer kurzen routinierten Begrüßung fasste Commissaria Gambalunga die Fakten ohne lange Umschweife zusammen: „Der Diebstahl fand zwischen 3:36 und 4:24 Uhr statt. Die Täter sind sehr professionell vorgegangen. Sie schalteten die Videoüberwachung aus, betäubten den Nachtwächter und verwendeten Werkzeuge, die bisher in unserem Land noch nicht im Einsatz gewesen waren. Details hierzu können wir zur Zeit noch nicht mitteilen, da wir die laufenden

Ermittlungen nicht gefährden wollen. Die Gegenstände, die entwendet wurden, lassen zwei mögliche Ermittlungshypothesen zu. Erstens: Der Diebstahl war eine Auftragsarbeit, die eigentlich nur auf das Original-Kupferbeil abzielte. Alle anderen Nachbauten sind nur entwendet worden, um uns auf eine falsche Fährte zu locken. Auftraggeber könnte ein wohlhabender Sammler sein. Wir leben ja in Zeiten, in denen sich sogar Hollywoodstars eine Zeichnung des Ötzi auf den Unterarm tätowieren lassen." Nach dieser kurzen Erklärung wandte sich die Commissaria an das Publikum mit der wenig verschnörkelten Aufforderung: „Fragen?"

Stille.

„Wie lautet die zweite Ermittlungshypothese?", wollte der Aufdecker wissen, der neben Walter Baumeister aufgestanden war.

„Sagte ich zwei?", fragte die Commissaria und gab sich sofort selbst die Antwort darauf: „Nun, ich denke, es gibt fast immer mehrere Möglichkeiten. Wir ermitteln in alle Richtungen und schließen nichts aus."

Damit war der Ermittler aber nicht zufrieden: „Gibt es irgendwelche Ereignisse, Gegebenheiten oder Vorkommnisse im unmittelbaren Umfeld des Museums, die mit der Tat in Zusammenhang stehen könnten?" Der Aufdecker liebte es, eine Spur zu haben, die die Polizei noch nicht hatte. Die galt es zu verifizieren.

Die Commissaria antwortete mit einem leichten Unterton, der die Vermutung zuließ, sie sei genervt: „Ich bin nicht sicher, ob ich Sie richtig verstanden habe. Aber wir wissen noch wenig über den Abtransport bzw. den Fluchtweg. Außerhalb des Museums fehlt uns aktuell eine heiße Spur."

Genau das war es, was der Journalist hören wollte.

4 Die Spur

Im Anschluss an die Pressekonferenz drängten die Journalisten-Kollegen zur Commissaria, um die soeben vorgetragene Information als Interview einzufangen. Der Aufdeckerjournalist latschte unauffällig, mit dem getarnten Stadtpolizisten im Schlepptau, zur Tür hinaus. In der nächsten Bar bestellten sie einen Espresso. Noch ehe dieser am Tisch stand, ging der Journalist in die Vollen: „Also wer ist da verschwunden und wie kommt ihr darauf, dass es mit dem Diebstahl zu tun hat?"

Walter Baumeister führte nun zunächst die halbe Dienstakte des Charly Weger aus, bis er dann endlich fast auf den Punkt kam: Die Stadtpolizei hatte im letzten Jahr von einer heimischen Bank für jeden einzelnen Polizisten in Leder gebundene Notizblöcke mit dem Emblem der Truppe als Weihnachtsgeschenk erhalten. Dank der Tatsache und wohl auch der vorbildlichen Arbeit der Stadtpolizei sei der Block von Charly Weger von einem ehrlichen Finder abgegeben worden. Der Block sei in der ganzen Sache sehr hilfreich, da Charly Weger die Manie hatte, alle seine Dienste mindestens im Halbstundentakt zu protokollieren. An dem Abend, an dem er zum letzten Mal zum Dienst erschienen war, gab es zwei Einträge: „23:30 Uhr Obstmarkt / Alles normal / erste Betrunkene / keine auf den ersten Blick Minderjährige darunter" und „23:55 Uhr Ende Museumstraße / verdächtige Person / Verfolgung / russischer Lkw A 798 AP 177."

„Russisch?", fragte der Journalist dazwischen.

„Ja", antwortete Walter Baumeister, nicht ohne mit einem „Und jetzt kommt's" das Interesse bei seinem Gegenüber noch einmal zu steigern. Allerdings sackte der Spannungsbogen ab, weil er ausführlich von einem St. Petersburger Kollegen erzählte, den er schon vor Jahren im Zuge der Polizei-Winterspiele kennengelernt hatte, da beide Skilanglauf zum Hobby gehabt hätten. Über diesen russischen Kollegen habe er sich eine Lenkerfeststellung des notierten Kennzeichens eingeholt. Allerdings nicht mit dem Erfolg, der bei einer normalen Lenkerfeststellung zu erwarten gewesen wäre.

„Sondern?", peitschte der Journalist dazwischen.

„Kein Vorname, Nachname, Adresse. Keine Firma. Nicht als gestohlen gemeldet. Auch nicht gefälscht."

Der Journalist kaute an einer Strähne, was er nicht mehr getan hatte, seit er einen für die kleine Provinz gigantischen Skandal in Sachen Energieversorgung aufgedeckt hatte. Walter Baumeister beugte sich über den Tisch ganz nah an den Journalisten heran. Er nahm das Kaffeelöffelchen in die Hand, hielt es aber am dicken Ende. Damit hob er die langen Haare des Journalisten etwas vom Ohr weg und begann zu flüstern: „Das Kennzeichen steht auf dem Index."

Der Journalist beobachtete die Geste, mit der der inoffizielle Leiter der inoffiziellen Sonderkommission der inoffiziell ermittelnden Stadtpolizeikollegen seine Haare wieder der Gravitation überließ und sich ganz langsam zurücklehnte in seinen Stuhl, begleitet von einem ebenso langsamen Nicken. Nach einigen Momenten Bedenkzeit stellte der Journalist eine wichtige Frage: „Welchem Index?"

Um nicht Gefahr zu laufen, die vielleicht für den einen oder anderen ebenso in der Bar anwesenden Kaffeetrinker fremdpeinliche Form der Konversation mit dem Kaffeelöffelchen zu wiederholen, beugte sich nun der Journalist zum Beamten hin, den Kopf seitlich leicht gedreht, sodass man sein

Ohr sehen konnte. Walter Baumeister verstand und flüsterte nun noch leiser.

„Dem Index der nicht zu beachtenden und schon gar nicht zu kontrollierenden Fahrzeuge. Die 177 im Kennzeichen steht für Moskau-Jassenewo. Und wir wissen doch alle, wer da seinen Sitz hat."

„Wissen wir doch alle", wiederholte der Journalist, sodass klar war: Er wusste gar nichts.

„SWR", flüsterte der Beamte mit weit aufgerissenen Augen.

„*Der* SWR?", wiederholte der Journalist. Eine ihm bis dato als heimischer Wirtschaftsverband bekannte Organisation. „Auch die mafiös?", dachte er, wurde aber dann umgehend von Walter Baumeister eines Besseren belehrt: „Dienst der Außenaufklärung der Russischen Föderation."

Jetzt blieb dem Journalisten der Mund für lange Zeit offen. Er schloss ihn erst mit der gereiften Erkenntnis wieder: „Das ist eine Geschichte", womit er meinte: „Das ist der Mega-Coup." Er begann, laut zu denken. „Warum will der russische Geheimdienst Ötzis Kupferbeil?"

Für Walter Baumeister viel zu laut. Er signalisierte dem Journalisten Mäßigung. „Die Commissaria sagte allerdings was von einem wohlhabenden Sammler. Wahrscheinlich waren es also käufliche russische Agenten, die für einen Oligarchen den Diebstahl durchführten. Die anderen Teile waren dann eher Mitbringsel für ihre Frauen zu Hause. Trophäen sozusagen. Für den Geheimdienst bringt so ein Beil ja gar nichts. Ich glaube an die Theorie des fanatischen Sammlers. Was macht man sonst mit so einem Kupferbeil?"

5 Die Freunde

Das Kupferbeil eignete sich hervorragend, um ein mit Schokoladecreme bestrichenes Baguette in drei gleich große Teile zu hacken. Der Pathologe und Dimitri hatten sich angewöhnt, im Haus zu frühstücken und die Terrasse Charly Weger und seinem neuen Freund und Kostgänger Ötzi zu überlassen. Ein Stück des von Ötzi geschickt mit dem Kupferbeil geteilten Baguettes war für Charly Weger bestimmt, eines für ihn selbst und um das dritte machten die beiden jeden Tag eine Art Wettkampf. So hatte es diese Woche schon Bogenschießen, Hasenenthäuten, Ums-Haus-Laufen, Speerwerfen und einen weiteren Wettkampf gegeben, der sich weder dem beobachtenden Pathologen noch dem Molekularbiologen ganz erschloss. Dabei verglichen die beiden Kontrahenten ihren Mundinhalt, während sie die Brote aßen, und lachten lauthals. Charly Weger erreichte in allen Bewerben den zweiten Platz.

Am sechsten Tag deckte Dimitri draußen den Tisch. Er stellte mit Absicht an Ötzis Platz keine Tasse mit Kakao hin. Als der Mann aus dem Eis an diesem Morgen vom Wald, in dem er immer noch die Nächte verbrachte, herunterkam, trat er sichtlich verwirrt an den Tisch. Der Pathologe beobachtete ihn vom Fenster aus. Ötzi merkte, dass etwas nicht stimmte. Der Pathologe rief sofort nach Dimitri. Der wiederum war quietschvergnügt und trällerte ein Lied, als er mit einer Tasse aus der Küche kam: „We are going to be friends."

Auf der Terrasse angekommen, sah ihn Ötzi, griff nach seinem Speer, begab sich in Kampfstellung und stellte sich auf den Tisch. Dabei schien er sein Gegenüber mit einem eindeutigen Blick warnen zu wollen. Dimitri blieb wie immer ruhig, der Pathologe am Fenster hingegen wurde immer nervöser. Draußen stand Dimitri mit der Kakaotasse, unterbrach sein Liedchen, um Charly Weger aufzufordern, zu ihm zu kommen: „Greif mir an den Sack, so, wie Ottsimann immer macht zu Begrußung."

Charly Weger blickte wie immer in brenzligen Situationen zunächst etwas abwesend, dann mehrere Male im Halbsekundentakt von Dimitri auf Ötzi und dann wieder retour. Nun stand Charly auf und nahm Ötzis Kupferbeil in die Hand. Er hackte sich ein Stück vom Schokoladecreme-Brot ab, begann es zu essen, schlenderte zu Dimitri und tat, wie ihm angetragen worden war. Ötzi beobachtete das Ganze, legte seinen Speer nieder und ging ebenfalls zu Dimitri. Er nahm ihm die Tasse ab, trank daraus und grinste ihn an. Gleichzeitig kniff auch er ihm in die erwartete Stelle. Ab diesem Tag durfte Dimitri gemeinsam mit Ötzi Eismann und Charly Weger am Tisch essen.

Da der Pathologe natürlich auch Teil der Männerrunde werden wollte, musste er sich wohl ebenfalls dem Ritual unterziehen. So betätigte sich der Pathologe am darauffolgenden Tag als Kellner, der Speisen an den Tisch brachte. Ötzi schaute wieder skeptisch und ging in Angriffsstellung. Da der Pathologe aber stolzer Träger eines Oberlippenbartes war, griff ihm der steinzeitliche Freund nicht in den Schritt, sondern lachte sich krumm, als er direkt vor ihm stand, und hörte erst wieder damit auf, als sie fertig gegessen hatten. Immer wieder zog Ötzi an den Schnauzhaaren des Pathologen und kniff ihn in seine rasierten Wangen.

Nach dem Essen schien Ötzi besorgt. Er nahm eine Handvoll Erde oder etwas, das so aussah, aus seiner Gürteltasche. Er hob sie gut einen halben Meter über den Tisch und ließ sie aus der Hand rieseln. Dabei murmelte er etwas mit vielen Konsonanten. Der Pathologe und Dimitri schauten ihn fasziniert an. Charly Weger hingegen war gerade dabei, Speisereste aus seinem Bart zu zupfen und sich in den Mund zu schieben. Nur so nebenbei sagte er: „Ötzi meint, es werde Regen geben, starken Regen. Heute Nachmittag."

Die beiden projektverantwortlichen Rentner waren perplex.

„Sag bloß, du verstehst ihn?", fragte der Pathologe.

„Nicht immer", gab Charly Weger zur Antwort und verschwand in seinem Zimmer.

„Das müssen wir auch lernen", sagte Dimitri zum Pathologen und beide beobachteten den Eismann, wie er in den Wald verschwand.

6 Die Steinzeitschule

Es regnete heftig an dem Nachmittag. So sehr, dass der Pathologe sich schon Sorgen um den armen Ötzi machte. Aus diesem Grund suchte er Dimitri, den er in Charly Wegers Zimmer fand. Sie spielten, wie so oft, über Stunden Schere, Stein, Papier.

Dimitri war weit weniger besorgt: „Bevor Ottsimann draußen erfriert, sind wir alle hier lang tot vor Kälte."

Charly Weger pflichtete ihm bei: „Ötzi ist unsterblich wie alle Superhelden."

Der Pathologe wusste in dem Moment weder, was er sagen sollte, noch, was er denken sollte, und ließ die beiden allein. Er setzte sich unten in den Speisesaal und sah etwas fern. Der Regen legte noch mal an Intensität zu. Als es dunkel wurde, stellte sich der Pathologe ans Fenster und blickte in die neblige Landschaft, auf die es wie aus Kübeln goss.

Plötzlich stand draußen vor dem Fenster der Eismann. Er näherte sich, betrachtete den Pathologen und sah, dass dieser im Trockenen unter einer kleinen Sonne stand, die die Höhle ausleuchtete. Da wollte er sofort hinein, knallte aber mit voller Wucht gegen die Fensterscheibe.

Der Pathologe glaubte schon, dass der Mann aus dem Eis den ganzen Fensterrahmen herausgerissen hatte, so sehr hatte es gekracht. Ötzi lag direkt unter dem Fenster am Boden. Der Pathologe schlug sofort Alarm und von oben kamen Dimitri und Charly angelaufen. Gemeinsam trugen sie Ötzi ins Haus und legten ihn in den Speisesaal auf zwei zusammengeschobene Tische. Der Pathologe sah sich die Beule auf der Stirn an und gab Entwarnung.

Der Mann aus dem Eis war klitschnass von oben bis unten. Daher begannen seine drei Freunde, ihn mit Handtüchern trockenzureiben. Ötzi kam langsam wieder zu Bewusstsein. Dimitri holte einen Föhn und trocknete dessen Haare. Der Eismann genoss es sichtlich. Er lächelte zufrieden und beobachtete seine neuen Freunde, während er den Kopf in den Nacken legte und Dimitri mit dem Föhn seine Barthaare schweben ließ. Er legte einem nach dem anderen die Hand um den Unterarm und sagte: „Fri." Instinktiv antworteten der Pathologe, Dimitri und Charly Weger: „Fri." Zu diesem Zeitpunkt wussten sie noch nicht, dass es in seiner Sprache das Wort für „Freund" war.

Charly Weger holte den Militär-Sportanzug und frische Unterwäsche und wechselte dem Eismann die Kleider. Der ließ alles mit sich geschehen. Er griff sich an die Stirn. Dann nahm er seinen Dolch und signalisierte dem Pathologen, er solle damit etwas gegen die Beule tun. Der zog es aber vor, etwas Eis aus dem Kühlschrank zu holen und aufzulegen. Diese Methode überzeugte auch Ötzi, sie schien neu für ihn zu sein, was den anderen ein breites Grinsen aufsetzte und sie erstaunte, dass ausgerechnet der Mann aus dem Eis … Dimitri wechselte das Thema: „Er würde einen Haar- und Bartschnitt vertragen."

„Wieso?", fragte der Pathologe, der das Gefühl hatte, dass es besser sei, ihn natürlich schön zu belassen.

„Ist keine Museumsobjekt. Ist Mensch!", erwiderte Dimitri.

„Aber wir können doch nicht einfach mit ihm runter ins Dorf und zum Friseur hineinmarschieren", merkte der besorgte Pathologe an.

Dimitri beruhigte den Pathologen, während seiner drei Jahre Militärdienst auch als Friseur gewirkt zu haben.

„Na gut", willigte der Pathologe ein, „wenn es kein Militärhaarschnitt wird."

Dimitri zeigte Ötzi, wie er sich auf den Stuhl mitten im Speisesaal niedersetzen sollte, und begann, seine Friseurkünste aufzufrischen. Sie lagen noch weiter zurück als seine ersten Destillationsversuche. Nachdem er eine gute Dreiviertelstunde geschnipselt und gekämmt hatte, sah Ötzi sehr verändert aus. Die anwesenden Herren waren begeistert. So sehr, dass Dimitri im Überschwang ins Bad lief, dort den Wandspiegel abmontierte und ihn Ötzi vors Gesicht hielt.

Was dann geschah, werden drei Paar Trommelfelle wohl bis an ihr Lebensende nicht vergessen. Der Mann aus dem Eis hatte noch nie vorher ein so klares Ebenbild seiner selbst gesehen. Schon gar nicht auf einem Gegenstand. Und als Ötzi einen erschrockenen Schrei losließ, der den Spiegel fast zum Bersten brachte, riss der Kopf auf der glatten Steinplatte den Mund auf und kniff seine Augen zusammen. Er schien ebenfalls zu schreien, ohne dass Ötzi ihn hörte. Das war noch gespenstischer. Also schlug er mit seinem Beil auf den Kopf. Es krachte fürchterlich. In Panik sprang er über die Tische zu den Ausgängen der Höhle. Wieder knallte er gegen die Fensterscheibe. Ötzi war im Anschluss für eine gute halbe Stunde weggetreten.

„Scheiße!“, rief der Pathologe, „wir müssen besser auf ihn aufpassen!“

Charly Weger war da schon etwas konkreter: „Wir müssen ihm unsere Sachen beibringen. Dringend!“

Die beiden Akademiker standen demütig da, beobachteten die zweite Beule des Mannes aus dem Eis und nickten zustimmend.

Von nun an war im Speisesaal des Berggasthofes Enzian jeden Vormittag Unterricht. Zunächst war der Grundwortschatz dran, mit einfachen Zeichnungen und indem der

Pathologe die Bedeutung langsam vorsprach. Ötzi, der an dieser Form des Zeitvertreibs viel Spaß hatte, wiederholte den Begriff dann auch in seiner Sprache. Charly Weger sog diesen Teil des Unterrichts wie ein Schwamm auf. Dimitri hingegen wiederholte alle Begriffe auf Russisch. Für diese hatte der Eismann ein besonderes Talent, was für den Pathologen plausibel war, weil er wusste, dass die Hälfte unseres heutigen Wortschatzes einer einzigen Ursprache entstammte, die ihren Ursprung in den Steppen des heutigen Russlands hatte. Dimitri seinerseits hatte hierzu noch einen weiteren Verdacht, den er aber für sich behielt. Lieber holte er sich einen Schnaps. So verbrachten die vier Freunde wunderbare Wochen, in denen sich besonders die beiden Wissenschaftler darüber freuten, wie gut sich Ötzi mental auf die neue Situation einstellen konnte. Eine Meisterleistung für ein über lange Zeit tiefgefrorenes Gehirn aus der Kupferzeit.

Die Suche

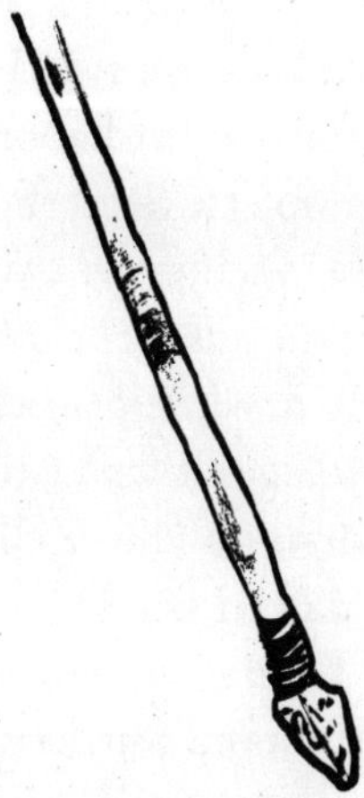

1 Die Entdeckung

Besonders Ötzis Kopf hatte in den letzten zweieinhalb Jahrzehnten immer wieder großes Interesse geweckt. In diesen Herbsttagen gab es eine Anfrage eines amerikanischen Forscherteams. Die Museumsleitung stimmte gemeinsam mit der Marketingabteilung einer Untersuchung zu, da es nach den Schlagzeilen über die polizeilichen Ermittlungen zum Einbruch höchste Zeit war, die Welt wieder mal mit neuen wissenschaftlichen Erkenntnissen in Aufruhr zu versetzen.

Das Forscherteam kam mit zwei Lkws voller technologischer Ausrüstung. Im ersten war ihr Labor untergebracht, der zweite beherbergte eine komplette Serverfarm. Modular erweiterbar. Die Container waren in schlichtem Weiß gehalten und mit einer Aufschrift versehen, die aus sechs bunten Buchstaben bestand, dem Markennamen des kalifornischen Sponsors. Das Internet-Unternehmen wollte mit Unterstützung eines Wissenschaftlerteams herausfinden, ob eine Zellkartierung des menschlichen Körpers auch rückwirkend möglich wäre. Wahrscheinlich war ihnen mit der Digitalisierung von Straßenansichten und dem globalen Buchbestand mittlerweile langweilig geworden.

Frau Direktorin war etwas erschrocken, als sie den technischen Aufwand des Projekts in seiner Gesamtdimension erkannte. Da das Unternehmen aber einen hübschen Budgetposten mit der flexiblen Bezeichnung „Sonstiges“ vorgesehen hatte, war es möglich, die sonst weniger flexible Stadtverwaltung zu einer Ausnahme zu überreden. Die Parkplätze einer Nebenstraße wurden allesamt sofort leergeräumt und für das Projekt reserviert.

Die junge amerikanische Forschergruppe begann also mit der Visualisierung der nahezu kleinsten organischen Einheiten der in der gekühlten Ausstellungszelle befindlichen Gletscherleiche bzw. dem, was sie dafür hielten. An Tag zwei des Projekts fiel Frau Direktorin auf, dass die anfangs leicht überheblich wirkenden Mitglieder des Teams weitaus weniger entspannt waren und überhaupt nicht mehr aufgesetzt cool. Sie schlichen nun eher durch die Gänge, als dass sie den Walk ihres ersten farbigen Präsidenten imitierten. Das machte Frau Direktorin neugierig.

Sie versuchte also, mit einem Tablett voller Kaffeetassen und einem äußerst netten „Hi! How are you doin'? Everthing roger?" mehr in Erfahrung zu bringen. Sie bedachte dabei nicht, dass Amerikaner Weltmeister im inhaltsleeren Smalltalk waren. Erst als sie etwas penetranter nachfragte, ob sie erste Bilder sehen könne, bekam sie ein „I'm so sorry, we're still calibrating" zu hören. Dann schwiegen die Amis und grinsten wieder freundlich. Den Rest des Tages war es ruhig.

Dafür wurde es aber an Tag drei des Projekts hektisch für Frau Direktorin und die Anrainer des Archäologiemuseums. Schon früh am Morgen war Frau Direktorin vom Projektleiter und dem Vertreter des Sponsor-Unternehmens erwartet worden. Aus technischen Gründen – man redete sich auf einen wahrscheinlichen Transportschaden heraus – müsse man die Server-Container umgehend austauschen. In einer Stunde würden die Helikopter da sein. Frau Direktorin solle so freundlich sein, alle Genehmigungen einzuholen.

Vier Stunden später war es so weit. Mit Hilfe von drei Helikoptern kamen neue Server-Container an und die alten wurden abtransportiert. Die Untersuchungen konnten weitergehen.

Es vergingen einige weitere Tage und die Amerikaner kalibrierten ihre Geräte, scannten, kalibrierten wieder, starteten die Software neu, waren ratlos und begannen noch mal von vorne. Der Projektleiter bat erneut um einen Termin bei der Museums-Direktorin. Als er eintrat, erkundigte er sich mit allen Umschweifen nach ihrem Befinden und bat sie dann, sich zu setzen. Er sah ihr zuerst lange in die Augen und wartete, bis ihr Atem ruhig wurde: „So … you know … we have the toughest guys down there and we put up really heavy stuff. You know … If the Nasa had this equipment in 1969, they wouldn't have gone to the moon …" Er machte eine lange Kunstpause mit weit aufgerissenen Augen und sprach nun in einer sehr hohen Tonlage den nächsten Satz: „… they would have brought him down here!" Er lachte fürchterlich, um dann plötzlich wieder ernst zu werden. „But now, after all these days we are sure …" Er wurde ganz langsam, um dann mit jedem Wort schneller und lauter zu werden: „… your mummy is a fake. If I were you, I'd call up my lawyers and get out a hell of money from that fucking german tourists." Dann schaute er wieder lange in die Augen der Frau Direktorin, schniefte noch ein „I'm sorry" heraus, gab ihr die Hand, drehte sich um und verließ das Büro, indem er „Good luck" rief.

Die Direktorin grüßte nickend zurück, schaute einige Minuten aus dem Fenster, nahm dann ihr Telefon und wählte die Nummer von Commissaria Gambalunga.

2 Das Ziel vor Augen

Auch der Aufdeckerjournalist dachte kurz daran, die Commissaria anzurufen. Aber sein Instinkt sagte ihm, die Geschichte vom mysteriösen Einbruch und dem Verschwinden brauche eher einen Experten als die Polizei. Zudem beweise sein Artikel ja, dass er wieder mal die heißesten Fakten habe.

Im Laufe seiner Karriere hatte er schon einige Male mit dem Pathologen zu tun gehabt. Er war aus Sicht des Journalisten der Ötzi-Experte schlechthin, also müsse er wohl am ehesten einen Verdacht haben. Zwei Tage lang hatte der Journalist versucht, den Pathologen am Festnetz zu erreichen. Da er für seine Hartnäckigkeit bekannt war, machte er sich zu dessen Wohnhaus auf. Er klingelte am Gartentor. Keine Reaktion. Er lehnte sich übers Gartentor, um vielleicht irgendetwas zu sehen. Das Tor war nur behelfsmäßig angelehnt und kippte komplett nach vorne, samt dem Journalisten und dessen wallender Mähne.

Das rief natürlich unverzüglich den Nachbarn auf den Plan. „Was tun Sie da? Suchen Sie was?“, schrie er und streckte seinen Kopf wie eine Schildkröte über die Begrenzungshecke.

Der Journalist stand auf, stellte sich vor und fragte nach dem Pathologen. Da er etwas flunkerte und den Pathologen als sehr guten Freund bezeichnete, zog er nach einer Viertelstunde mit der genauen Wegbeschreibung zum Berggasthaus und der Handynummer des Pathologen von dannen.

Als bei dem Gesuchten kurz darauf das Handy klingelte, zögerte der einen Moment, hob dann aber doch ab. Dimitri beobachtete dessen ernste Miene und hörte ihn nur „Mmmhh“ und „Ja“ murmeln. Der Pathologe versuchte, den Anrufer abzuwimmeln. Er könne zu der Sache nichts sagen, zudem sei er länger nicht zu Hause gewesen. Dann verabschiedete er sich kurz und kühl und legte auf.

„Alles okay?“, wollte Dimitri wissen.

„Nein“, sagte der Pathologe nachdenklich. „Ein Journalist will mit mir wegen des Einbruchs im Archäologiemuseum reden.“

„Hast ja gesagt, bist nicht da. Also okay alles“, winkte Dimitri ab.

Aber der Pathologe blieb skeptisch: „Der taucht sicher hier auf. Früher oder später. Wir müssen vorbereitet sein.“

„Plan haben ist immer gut“, sagte Dimitri und ging zu seiner Kiste. Dort kramte er eine Weile und kam dann mit vier Trillerpfeifen retour. Der Pathologe folgte ihm in den Speisesaal. Dort waren Ötzi und Charly Weger gerade bei einer Zwischenmahlzeit. Dimitri forderte alle auf, in die Mitte des Speisesaals zu kommen. Er gab jedem eine Pfeife. Ötzi versuchte sofort, das Ding zu schlucken. Trillerpfeifen des russischen Militärsportverbands waren aber zum Glück mit einem Band versehen und dem Pathologen gelang es, die Pfeife wieder aus dem Schlund des Eismannes herauszuziehen.

Charly führte nun Ötzi die richtige Verwendung der Trillerpfeife vor. Er blies mit fester Wucht in das Mundstück, was den Eismann sehr amüsierte. Dann sagte Charly: „Rechts hat Vorfahrt.“

Der Pathologe und der Russe starrten ihn an und fragten sich beide, ob die Amnesie jetzt vorüber sei. War sie aber nicht, da Charly sich selbst über das soeben Gesagte wunderte.

In den nächsten Stunden hatten die vier Freunde viel Spaß beim Üben des sofortigen Versteckens. Einmaliges Pfeifen hieß verstecken, zweimal bedeutete sehr gut verstecken, dreimal sehr, sehr gut verstecken und ein langer Pfeifton bedeutete Entwarnung.

Die Übungen sollten auch bald schon von Nutzen sein. Denn mitten am Vormittag entdeckte der Pathologe unten an der Straße ein Auto, das den Berg herauffuhr. Der dunkelblaue alte Fiat Ritmo war Understatement für den Journalisten, der breit grinsend die letzten beiden Kehren vor dem Gasthaus nahm. „Wenn der Pathologe nicht vom Berg kommen will, muss der Journalist halt zum Berg kommen."

Als der Journalist am Berggasthof parkte und den Motor abstellte, kam es ihm kurz so vor, als hätte er drei Töne aus einer Trillerpfeife gehört. Er lag auch richtig damit. Die Warnung stammte vom Pathologen. Dimitri lief in den kleinen Vorratsraum hinter der Küche. Ötzi kroch im Speisesaal unter einen Tisch und Charly Weger, der die Straßenverkehrsordung vor sich hinmurmelte, rannte in den Keller. Er bedachte aber nicht, dass es da stockdunkel war, und knallte mit dem Schädel voll gegen einen deckenstützenden Pfahl. Da er dabei schwer ausatmete und die Trillerpfeife noch im Mund hatte, war das lange Pfeifen im ganzen Haus zu hören.

Der Pathologe stand bereits mit dem Journalisten auf der Terrasse und wiederholte mit Nachdruck, dass er zur Diebstahlsache zu den Beifunden der Gletscherleiche partout nichts sagen könne. „Was machen Sie hier eigentlich? Herbsturlaub oder so?", versuchte sich der Journalist im Socializing.

Der Pathologe entschied nun, dass es wohl besser wäre, sich kooperativ zu zeigen, um die Sache abzukürzen. Er erklärte dem Journalisten: „Ich schreibe meine Memoiren und brauche dazu Ruhe."

„Ich halte Sie auch nicht lange auf“, gab sich der Journalist verständig, „mich beschäftigt seit dem Einbruch nur eine zentrale Frage: Warum will jemand das Beil des Ötzi?“

Genau in dem Moment kam der Mann, von dem gerade die Rede war, aus dem Speisesaal auf die Terrasse. Der Pathologe schnappte zweimal nach Luft und sah, dass er ausnahmsweise weder sein Beil noch die anderen Steinzeit-Utensilien dabei hatte. Er war auch nicht in Kriegshaltung wie beim ersten Zusammentreffen mit Dimitri und dem Pathologen. Jetzt schlenderte er locker in seinem russischen Trainingsanzug auf den Besuch zu. Diese entspannte Haltung war wohl zurückzuführen auf den hohen Anteil an sichtbarer Körperbehaarung des Journalisten. Der Besucher reichte ihm die Hand zur Begrüßung. Der Eismann streichelte stattdessen den Bart des Journalisten, fuhr mit seiner Hand über sein Haar und sagte: „Wat ho … bher an!“

Der Journalist blickte, gelinde gesagt, etwas verwundert aus der Wäsche. Der Pathologe wusste, er müsse jetzt schnell reagieren. Also stellte er dem Journalisten kurzerhand seinen Freund vor und versuchte dabei so unaufgeregt wie möglich dreinzuschauen.

„Darf ich vorstellen“, sagte er, „Reanimo“, er hustete fürchterlich, „Jäätikonen aus Finnland, Nuklearmediziner, ein alter Freund von früher, viel früher.“

„Tervetullut“, sagte der Journalist und der Pathologe war nur eine Haaresbreite von einem Herzinfarkt entfernt.

„Sie sprechen Finnisch?“, sagte er mit weit aufgerissenen Augen.

„Nur das eine Wort“, gab der Journalist zurück und die Koronararterien des Pathologen konnten sich wieder in ihren Normalzustand zurückbegeben. Fürs Erste. Der Pathologe versuchte nun rasch zur Sache zu kommen: „Zu Ihrer Frage, ich glaube, das hat nur mit Macht zu tun. Jemand will dieses Teil besitzen, weil man es mit Geld nicht kaufen kann und derjenige Geld in Hülle und Fülle hat. Dieser Mensch hat mit Steinzeit sicher nichts am Hut."

Der Journalist wollte mehr wissen. Während er weitere Fragen an den Pathologen formulierte und dabei den finnischen Nuklearmediziner musterte, sah der Pathologe, wie auch Dimitri auf die Terrasse schlenderte. Da der Journalist kurz abgelenkt war, signalisierte der Pathologe Dimitri, den Mund zu halten. Das auffällige Gestikulieren fiel natürlich auch dem Journalisten auf und der Pathologe kam nicht umhin, einen weiteren Herrn vorzustellen. Also mimte Dimitri ab diesem Moment den gehörlosen schwedischen Pathologiekollegen Tor Svenson.

Der Schwede begann in einer sich gerade erst entwickelnden Gebärdensprache den Pathologen wild gestikulierend zu fragen: [„Warum hast du Entwarnung gepfiffen? Was soll der Scheiß?"]

Der Pathologe war in Sachen Gehörlosenverständigung auch eher unbedarft, da es bisher nicht vorgekommen war, dass er mit seinen Klienten kommunizierte. Ötzi bildete da die erste große Ausnahme. Also versuchte er mit übertriebener Lippenartikulation und einigen abstrakten Handdeutungen Dimitri alias Tor Svenson zu antworten: [„Warum kommst du daher? Wer hat denn bitte durchgehend gepfiffen?"]

[„Na, ich nicht"], deutete der ehemalige russische Molekularbiologe im Ruhestand und neuerdings gehörlose schwedische Pathologe.

[„Schau, dass du ins Haus kommst"], wuchtete der Pathologe weiter, [„und pass auf, dass nicht auch noch Charly daherkommt, dann haben wir den Salat!"] Er atmete schwer und schwitzte nach diesem Diskurs.

Der Pathologe wandte sich wieder dem Journalisten zu: „Da müssen Sie einen Ur- und Frühgeschichte-Fachmann fragen. Wenn es mal um die Anatomie des Ötzi gehen sollte …", instinktiv sah er in dem Moment den finnischen Nuklearmediziner alias Ötzi an, „… gerne, jederzeit. Aber jetzt möchte ich weiterarbeiten. Meine Freunde haben einen weiten Weg zurückgelegt. Ich kann sie nicht so lange warten lassen."

„Verstehe ich. Passt schon. Wir sehen uns ein anderes Mal", gab sich der Journalist erneut verständig und verabschiedete sich innig vom finnischen Nuklearmediziner, von dem er noch die ganze Fahrt, die Tage danach und eigentlich sein restliches Leben sehr angetan sein sollte. „Dieser Mann", sagte er sich, „hatte eine unglaubliche Aura!"

3 Das Geheimnis

Die Aura des Gletschermannes hatte auch die Direktorin des Archäologiemuseums immer schon fasziniert. Und normalerweise spürte sie sie sofort beim Eintreten in die Ausstellungs-Kühlzelle. An diesem Tag aber war dem nicht so. Die Commissaria war zum ersten Mal in der Zelle und merkte den Unterschied nicht, wohl aber Frau Direktorin. Und so als wolle sie der Ermittlerin beweisen, dass es sich um ein Imitat handle, bog sie den gekrümmten kleinen Finger der Ötzipuppe gerade und ließ ihn zurückschnellen.

„Was um Himmels willen", stammelte die Commissaria. Ihren Gesichtsausdruck konnte Frau Direktorin nicht sehen, da sie einen Atemschutz trug, wie alle ihn tragen mussten, die das seltene Privileg hatten, zur Gletscherleiche in die Kühlzelle zu dürfen.

Ohne ein Wort zu verlieren, gingen die zwei Frauen in das Büro der Direktorin. Dort schwiegen sie weiter und jede dachte für sich an die jeweiligen Konsequenzen der Tatsache, dass Ötzi nicht mehr da war. Für das Museum standen pro Jahr 1,5 Millionen Euro an Eintrittsgeldern auf dem Spiel und damit auch der Job der Direktorin. Auf der anderen Seite des Schreibtischs war die Commissaria ebenfalls gerade beim Thema Karriere angekommen. Genauso wie sie selbst nicht verstehen konnte, dass es keine Einbruchsspuren an der Kühlzelle gab, würden es ihre Vorgesetzten auch nicht verstehen. Zeitgleich durchbrachen beide Frauen die Stille: „Warum …?" Beide stoppten und signalisierten, dem Gegenüber gerne den Vortritt zu überlassen. Schließlich begann Frau Direktorin mit ihren Überlegungen: „Warum behalten wir es nicht einfach vorläufig für uns, dass er nicht mehr da ist? Es ändert ja nichts an Ihren Ermittlungen. Im Gegenteil, Sie können ungestört danach suchen, ohne dass die Medien involviert wären. Wenn Sie das Beil finden, finden Sie ja auch den Ötzi, oder?"

„Das ist anzunehmen", bestätigte die Commissaria, „ich finde das eine hervorragende Idee … ermittlungstechnisch höchst vorteilhaft."

Beide standen auf, lächelten sich zufrieden an und gaben sich die Hand.

„Unser absolutes Geheimnis", sagte die Commissaria.

„Unser absolutes Geheimnis", wiederholte Frau Direktorin.

Plötzlich erschrak die Commissaria und ließ sich wieder rückwärts in ihren Stuhl fallen: „Und die Amerikaner?"

Frau Direktorin beruhigte: „Die Amerikaner haben erst nach zehn Tagen mit ihrer Megasoftware den sensationellen Unterschied zwischen organischem Material und einer Gummipuppe herausgefunden. Die werden das sicher nicht freiwillig jemand anderem berichten."

Über diese Tatsache konnten beide noch mal entspannt grinsen.

Vor dem Museum saß in einem Wagen der städtischen Polizei der Sonderermittler Walter Baumeister und packte gerade ein Richtmikrofon ein. Da er die Kopfhörer vergessen hatte, hatte er die Szene wie in einem Stummfilm betrachten müssen. Er hatte inständig gehofft, dass seine improvisierte Handy-Verkabelung samt Aufnahme funktionierte.

Als er vom Ort des Geschehens weit genug weg war, parkte er am Straßenrand. Er stellte den Motor ab und spielte den Mitschnitt ab. Zu hören war eindeutig unverständliches Rauschen.

4 Das Blätterrauschen

„Das sind die Fragen, die sich die ermittelnden Behörden stellen müssen." Es war immer ein Genuss, den letzten Satz in die Tastatur zu klopfen. Es war so, als würde man sich mit allen zehn Fingern nicht nur auf die Schulter klopfen, sondern auch die Seele streicheln. Der Journalist war zufrieden mit sich. Er lehnte sich zurück und betrachtete den Fünfspalter.

Er flog noch mal quer über den kurzen Einstieg mit den Ermittlungsfakten, brachte dann das Statement des Pathologen und untermauerte damit seine These des Auftragsdiebstahls, um dann zum Höhepunkt zu kommen: die russische Spur, die wiederum mit dem vermissten Stadtpolizeibeamten belegt war.

„Was für ein Aufmacher", sagte er zu sich selbst. Jetzt fehlten nur noch drei Zeilen für den Ankündigungskasten: „Lesen Sie morgen mehr über das ungewöhnliche Leben des Charly W., dem verschwundenen Stadtpolizisten."

„Da geht noch mehr", dachte er sich, wurde jedoch abrupt herausgerissen aus seinem schöpferischen Prozess. Das Telefon klingelte: Walter Baumeister, der Sonderermittler, war dran. Da sollte er wohl abheben.

Walter Baumeister war reichlich nervös. Einmal, weil er gestehen musste, nur ein Bruchstück eines Gesprächsmitschnitts ergattert zu haben, und einmal aufgrund der Tatsache, dass er die Information überhaupt nicht interpretieren konnte.

„So, jetzt bitte alles noch mal von vorne und ganz langsam, weil ich nur sehr wenig verstanden habe von dem, was Sie mir da gesagt haben." Der Journalist versuchte, ihn zu beruhigen.

Also begann Walter Baumeister noch mal von vorne. Er erzählte von seiner Observation der Commissaria und von deren Zusammentreffen mit der Leiterin des Museums. Und natürlich, dass er Gesprächsfetzen mitgeschnitten hätte: „Es war die Rede von einem absoluten Geheimnis und von Amerikanern, die schweigen würden."

Sowohl der Journalist als auch der Sonderermittler wussten von den Helikoptern und Containern beim Museum. Was war da wohl nach drei Tagen abtransportiert worden? Diese Frage machte beide nervös.

„Okay, keine Telefonate mehr", rief der Journalist ins Handy. „In einer halben Stunde auf einen Kaffee!"

Für den Journalisten war es logisch, dass man sich wieder in derselben Bar wie beim letzten Mal traf. Doch der Beamte der städtischen Polizei suchte den Journalisten in sämtlichen Cafés in der unmittelbaren Umgebung seiner Wohnadresse. Es dauerte also, bis die zwei Ermittler sich trafen. Das bedeutete viel Zeit für den Journalisten zum Nachdenken über die Bedeutung des Ereignisses, mit dem man es hier zu tun hatte. „Und dann mit solchen Ermittlerkollegen. Wo soll das hinführen?", dachte der Journalist. Ein schweißüberströmter Walter Baumeister stand nun vor ihm und setzte sich hin. Nach einigen Minuten kollektiven Schweigens sagte schließlich der Journalist: „Es hilft nichts. Wir müssen der Frau Direktorin auf den Zahn fühlen."

„Gemeinsam?", fragte Walter Baumeister.

„Nein, nein. Ich mach das schon. Sie bleiben an der Commissaria dran. Aber lassen Sie sich ja nicht erwischen", wiegelte der Journalist ab. „Das Ganze ist stimmig", führte er weiter aus, „wenn alles gut geht, wird's eine Serie, die man in diesem Land noch nicht gelesen hat."

5 Der Aufbruch

Kinder-TV-Serien im Comic-Format waren seit Wochen der Hit im Berggasthaus. Während es draußen feucht und ungemütlich wurde, hockte der Mann aus dem Eis, der es nun gerne kuschelig hatte, mit dem städtischen Polizisten in Auszeit vor dem Fernseher am Boden und sie sahen fern. Mit dem Mund offen, gelegentlichen Lachern und höchst konzentriert, sahen sie alles, was die Kinder-Sparten-Kanäle zu bieten hatten. Der Pathologe und der Molekularbiologe machten derweil Haushalt, kauften ein und bekochten die beiden.

„Wir sollten heiraten", sagte Dimitri diesen Morgen, als er mit dem Pathologen den Abwasch des Frühstücks erledigte. Spontan begann der Pathologe den Puls des Russen zu messen, als würde dieser Auskunft über den geistigen Zustand geben.

Dimitri wurde ernst und wollte mit dem Pathologen über das Thema Zukunft sprechen. Denn es wurde beiden nun bewusst: Sie trugen Verantwortung gegenüber dem Eismann, den sie aus einer anderen Zeit in eine völlig andere Welt geholt hatten. Da sie wohl insgeheim nie in aller Konsequenz an den Erfolg ihrer Aktion geglaubt hatten, war es jetzt umso mehr notwendig, sich Gedanken zu machen: darüber, wie es weitergehen sollte. Sie konnten ja nicht ewig hier im Berggasthaus bleiben und Ötzi die Welt vorenthalten. Und die umgekehrte Frage war ebenfalls zu überlegen: Sollte Ötzi der Welt vorenthalten werden?

Der Pathologe stimmte Dimitri zu, wusste aber ebenfalls auf Anhieb keine Antworten. Eine leichte Verzweiflung machte sich breit, während der Mann aus dem Eis und der Mann von der städtischen Polizeiwache im Hintergrund lauthals das Titellied einer Kinderserie mitgrölten. Ötzi sang schon hervorragend auf Deutsch.

„Wenn das so weitergeht", sagte der Pathologe grinsend, „liest der uns bald aus der Zeitung vor."

Am nächsten Tag holte der Pathologe aus dem Dorf einige Lebensmittel und die Zeitung, auf deren Titelbild der vermisste Stadtpolizist abgebildet war. Dessen Verschwinden sollte mit dem Einbruch und weiteren Ereignissen im Archäologiemuseum in Zusammenhang stehen. Somit war klar, dass es nun höchste Zeit war, sich eine Strategie zu überlegen.

Nach dem Frühstück begaben sich Dimitri und der Pathologe auf die Terrasse, um die Situation zu besprechen. Ötzi nahm die Zeitung vom Küchentisch und kritzelte mit einem Bleistift darauf herum. Dann ging er auf die Terrasse und hielt den beiden Wissenschaftlern das Titelblatt hin. Er hatte das Foto mit einem Bart versehen und sagte: „Charly Freund."

Der Pathologe und Dimitri waren sprachlos. Ihr Hirn regte sich nicht. Trotz direkter Sauerstoffzufuhr durch den weit offenen Mund, die eustachische Röhre und aller beteiligten Blutkörperchen. Nichts.

Da war es von Vorteil, dass der Mann aus dem Eis ein völlig anderes Zeitgefühl hatte. Jeder Mensch aus dem Heute hätte sich wohl sehr gewundert über die lange Reaktionszeit.

Dimitri war der Erste, der zu einer Reaktion fähig war. Das kam wohl daher, weil er sich in jungen Jahren viel mit der „Tektologie" befasste. Auf die war er gestoßen im Zuge des Studiums, bei dem er über Alexander Bogdanows Forschungen zu Bluttransfusionen stieß. Bevor besagter Bogdanow bei einem Selbstversuch aus dem Leben schied, war er neben Lenin der prominenteste Führer der Bolschewiki. Wurde aber zu dessen ideologischem Gegenspieler nach der gescheiterten Revolution von 1905. Wie die meisten Revolutionäre war er so von der Zukunft beseelt, dass ihm die Gegenwart abhandenkam. Er hielt aber, bis zu jener fatalen Injektion, an seinem Plan fest: eine vernünftige und effiziente Ordnung aller menschlichen Erfahrungsbereiche zu schaffen. Daher begründete er eine neue Wissenschaft, die er „Tektologie“ nannte. Seinen Roman „Der rote Stern“ hatte Dimitri natürlich gelesen und die aktuelle Situation erinnerte ihn zeitweise an die Handlung auf dem Mars, die Bogdanow als irdische Utopie beschrieb.

„Vernunft“ nicht durchgehend, aber „Effizienz“ schon, waren Dimitris stetige Begleiter. Darum nahm er Ötzi die Zeitung ab und fragte: „Magst du Schokolade? Nek? шоколад?“

„Ieh! Nek шоколад!“, strahlte Ötzi.

Er steckte dem Pathologen die Zeitung hin und brachte Ötzi ins Haus, wo er ihm und Charly Weger eine Tafel Schokolade gab. Sie setzten sich vor das Fernsehgerät, zerhackten sie mit Ötzis Kupferbeil und aßen sie genüsslich.

Zurück auf der Terrasse wandte sich Dimitri an den Pathologen mit der hocheffizienten Frage: „Und nun?“

„Nun lass es uns mal Schritt für Schritt analysieren“, sagte er zu Dimitri gewandt. Er atmete langsam aus und reihte eine Liste von Fakten zu Charly Weger auf: „Erstens: Er wird vermisst und die Medien und damit wohl auch die Polizei sehen einen Zusammenhang mit dem Einbruch im Museum. Zweitens: Er scheint sich dank deiner Substanz an nichts mehr aus seinem Leben wirklich zu erinnern.“

Dimitri unterbrach an dieser Stelle, um richtigzustellen, dass es lediglich ein kleiner Dosierungsfehler gewesen sei.

„Wie auch immer“, winkte der Pathologe ab und fuhr fort: „Drittens: Es geht ihm nicht schlecht bei uns und noch mehr bei Ötzi. Er könnte jederzeit abhauen. Tut er aber nicht.“

„Viertens", ergänzte nun Dimitri: „Wenn wir ihn bringen zuruck, wäre Einziges, was er sich erinnern tut, dass er mit Steinzeitmensch und uns beide zwei Monate auf den Berg gehaust hat. Das ginge nicht gut, wenn Polizei erfährt."

„Ergo", sagte der Pathologe, „er bleibt bei uns."

„Ottsimann mussen wir ja auch vor Menschen verstecken und schutzen", warf der Russe ein und zuckte mit den Schultern: „Einer mehr, was soll's!"

Beide waren sich aber einig, dass ein Ortswechsel notwendig sei. Der Journalist wisse ja, wo sie seien. „Das würde nicht lange gutgehen."

Dimitri stand auf und sagte, er müsse kurz telefonieren: „Es braucht Pässe: eine finnische, eine schwedische, für Charly Estland, oder? Du auch neue Pass?"

„Nein, für mich nicht, danke. Aber mach Charly zu einem Österreicher. Das passt besser", antwortete der Pathologe verschmitzt. Er schaute aufs Tal hinunter und schickte dem Blick einen Gedanken hinterher: „Wird ohnehin Zeit, dem Eismann etwas von unserer heutigen Welt zu zeigen."

Beide Herren waren froh, die Entscheidung getroffen zu haben. Das löste noch nicht die Situation, aber lockerte die Stimmung auf.

„Komisch", sagte daraufhin Dimitri, „wollte nie Kinder haben, weil man fur andere entscheiden muss, was gut ist und was nicht. Jetzt habe ich den – wie sagt ihr? – Gemüsehaufen?"

„Salat."

„Danke. Salat haben wir jetzt."

Der ruhige Moment währte tatsächlich nicht lange. Aus dem Haus kam ein alarmierender Schrei: „Kommt schnell, ganz schnell!" Es war Charly Weger.

Die beiden Herren liefen in den Speisesaal, wo die TV-Nachrichten die Zeitungsgeschichte brachten. Charly Weger war gar nicht wegen seiner eigenen Vermisstenmeldung so aufgeregt, sondern weil Ötzi stumm und mit verlorenem Blick seit Minuten regungslos dasaß.

Es war ein schicksalhafter Zufall, dass der Fernsehredakteur ein Faible für Permanent-Körperschmuck hatte und die wichtigsten der 61 Tattoos der Gletscherleiche beschrieb und ins Bild rückte. Da waren die zwei langen Striche am linken Handgelenk zu sehen. Ötzi betrachtete seine linke Hand. Dann das Kreuz am rechten Knie. Ötzis Augen senkten sich nach unten und er streifte die Jogginghose über das Knie herauf. Dann die drei Striche an der rechten Ferse, die vier Striche an der rechten Brust am Ansatz der Rippen. Immerzu folgte sein Blick den entsprechenden Stellen. Dicke Tränen flossen über seine Wangen.

Als der Bericht vorbei war, nahm er sein Beil und die anderen Utensilien an sich. Er sprang auf den Tisch und schlug schreiend ein Fenster ein. Er hackte so lange darauf ein, bis kein Stück Glas mehr im Rahmen war. Dann sprang er nach draußen und verschwand in Richtung Wald. Charly Weger stand da und nässte sich ein.

Drei Tage lang blieb Ötzi wie vom Erdboden verschluckt. Bereits am zweiten Tag hatten sich die anderen drei Herren auf die Suche gemacht. Vergebens. Charly Weger weinte fast durchgehend und wiederholte immerzu denselben Satz: „Ötzi mag nicht zurück. Charly auch nicht."

Erst am dritten Tag in der Dämmerung entdeckten sie Ötzi oben am Hügel unter der Lärche. Er saß da, im Schneidersitz, apathisch. Die drei Freunde setzten sich zu ihm. In der gleichen Haltung. Sie bildeten einen Sitzkreis unter dem Baum. Charly Weger legte Ötzi die Hand auf die Schulter und sagte leise „Fri“.

Der Eismann blickte hinauf in den Himmel und klagte an: „Bragh kard neh kwi. Mor ru wa wid!“

Er zog seinen Dolch hervor, die Freunde erschraken, worauf Dimitri sofort begann, auf ihn einzureden: „Das passt jetzt vielleicht nicht her hier. Ist vielleicht auch falsches Moment. Ich finde aber geil, dass du Körper von etwas uber 40 hast und doch Erfahrung von uber 5300 Jahre. Bei Frauen hast du damit sicher großes Gluck und Riss.“

Der Pathologe rollte wieder seine Augen in den Hinterkopf. Charly Weger grinste verlegen. Ötzi sah einem Freund nach dem anderen tief in die Augen und legte dann den einen Arm auf Charly Wegers Schulter, den anderen auf die Schulter des Pathologen. Alle taten es ihm gleich. Ötzi begann nach einigen Minuten zu sprechen: „Mich alt, sehr alt Mann. Mein Welt tot. Mein Bauch junges. Freunde Welt neu.“

Dann jaulte er auf wie ein Wolf. Der ganze Kreis machte es ihm nach, bis die Lärche alle ihre Nadeln abwarf. So etwas hatte noch keiner von ihnen erlebt. Das war aber erst der Anfang einer unendlichen Reihe außergewöhnlicher Ereignisse.

Die Reise

1 Die Gefährten

Am nächsten Tag begannen alle mit den Reisevorbereitungen. Dimitri startete früh am Morgen, um einen Sprung ins „Passamt" zu machen, wie er es nannte. Der Pathologe nutzte die Zeit, um ein wichtiges Telefonat zu führen.

Er wählte die Nummer der Direktorin des Archäologiemuseums. Diese saß gerade in einer Art Verhör mit Commissaria Gambalunga. Sie ging gerne ans Telefon.

„Ja, hallo! Wie geht's denn im lustigen Rentnerleben?"

„Danke, gut." Der Pathologe log ein wenig: „Etwas langweilig halt in letzter Zeit."

„Na ja, dafür haben wir hier Action gehabt, wie Sie sicher gehört haben", brüstete sich Frau Direktorin.

„Ja, das habe ich. Das ist auch der Grund meines Anrufs. Ich war ja lange Ötzis Leibarzt. Wie geht es unserer Leiche denn? Alles unversehrt?"

Frau Direktorin war etwas weniger schlagfertig als sonst. Sie schaute in das Gesicht der Commissaria, die den Daumen nach oben streckte. „Natürlich! Alles bestens! Die Kühlzelle blieb unversehrt. Der Leiche geht es gut."

„Na fein. Das nenne ich gute Nachrichten", sagte der Pathologe und blickte in den Speisesaal, wo gerade Charly Weger und Ötzi eine Art Kissenschlacht machten. „Geht's der Leiche gut, geht's uns allen gut!"

Der Pathologe war beruhigt, die Gummipuppe galt noch als der wirkliche Ötzi. Dann fielen ihm aber noch die Amerikaner ein, über die der Journalist einige unklare Andeutungen gemacht hatte.

„Ach die ..." Frau Direktorin suchte wieder Rat im Gesicht der Commissaria, die ihr deutete, nichts darüber zu sagen. „Da kann ich Ihnen leider keine Auskunft geben. Wir haben eine Geheimhaltung unterschrieben. Industriespionagegefahr, Sie wissen schon."

Der Pathologe gab sich damit zufrieden und Frau Direktorin konnte auflegen, um dann tief und lange durchzuatmen.

„Bestens", dachte der Pathologe, „das gibt uns ein paar weitere Wochen Zeit." Die Gletscherleiche wurde nur alle paar Monate einem kompletten medizinischen Check-up unterzogen. „Ab dann geht wohl die Treibjagd los", dachte er, während Ötzi mit hoher Laufgeschwindigkeit Charly Weger aus dem Speisesaal auf die Terrasse und wieder retour verfolgte.

Es dauerte nicht lange und Dimitri kam mit den neuen Pässen zurück. Er erhielt vom Pathologen den Auftrag, alle Laborutensilien demselben Schicksal zu übergeben, wie es bereits der Kühlwagen erlitten hatte, da es wichtig war, möglichst keine Spuren zu hinterlassen. Dimitri erledigte das prompt, und diesmal sogar in angemessener Dosierung.

Beim Mittagessen wurde vereinbart, zunächst den Kollegen Eismann an das Auto zu gewöhnen. So laute Geräusche bedeuteten in seiner Welt wohl meist nichts Gutes: Donner, große Tiere oder gar Erdbeben. Die Herren waren stolz, weil sie das Gefühl hatten, sich in den Eismann einfühlen zu können.

Nach dem Essen gingen der Pathologe, der Molekularbiologe und der Beamte der städtischen Polizei zum Auto, das unterhalb des Gasthauses geparkt war. Wie immer schlenderte Ötzi neugierig hinterher. Dimitri öffnete eine Tür hinten und stieg ein, um den Eismann zum Einsteigen zu animieren. Er rutschte über die Rückbank und stieg auf der anderen Seite des Wagens wieder aus. Ötzi beobachtete ihn dabei und runzelte die Stirn. Dann sagte er, zur leichten Verwunderung der anwesenden Akademiker: „Auto fahren?"

Man freute sich in der Runde über die sprachlichen Fähigkeiten des Mannes aus dem Eis, auch über dessen Abstraktionsleistung, Gegenstände, die er nur aus der Flimmerkiste Fernsehen kannte, in die reale Welt zu übertragen. Und, wie es aussah, auch zu akzeptieren.

„Und jetzt mit Geräusch!", sagte Dimitri und signalisierte dem Pathologen, er solle den Motor anlassen. Das tat er auch. Ötzi betrachtete den Wagen mit einem dicken Grinsen und dem lauten Kommentar: „Pard", was in seiner Sprache „pupsen" bedeutete.

Er ging zur Rückseite des Wagens und zeigte auf das Auspuffrohr. Mit der rechten Hand fächerte er vor seinem Mund und sagte „Pu", um dann auf Deutsch zu präzisieren: „Stinkt." Er kippte kerzengerade nach hinten um.

Charly beugte sich über den bewusstlosen Ötzi und begann zu jammern: „5,5 Millionen Menschen sterben auf der ganzen Welt jährlich an den Folgen der Luftverschmutzung. Gesundheitsschädliche Stickoxide wie Stickstoffmonoxid und -dioxid kommen in der Natur nur in winzigen Mengen vor. Dieselmotoren stoßen viel mehr Stickoxide aus als Benziner."

Dimitri versuchte, Charly zu beruhigen. Der Pathologe klapste Ötzi zwei kleine Ohrfeigen auf die Wangen und der öffnete schon wieder die Augen. Er begann, hemmungslos zu lachen über die „Pupsmaschine", wie er den 15 Jahre alten Volvo Station des Pathologen von nun an nannte.

Als das Auto gepackt war, hieß es Abschied nehmen vom zweiten Geburtsort des Gletschermannes. Zur Sicherheit wurde der Eismann mit einer Atemschutzmaske ausgestattet. Da er ein ausgesprochen soziales Wesen war, bestand er darauf, dass auch seine Freunde eine Maske trugen. So fuhren die vier Männer in ihrem Volvo Station den Berg hinunter.

Ötzi schaute aus dem Fenster, imitierte die Geräusche des Wagens und schien das Vorbeigleiten der Landschaft zu genießen. Kurz bevor die Schotter-Zufahrtsstraße des Berggasthofes in die Bergstraße mündete, kam ihnen an einer Engstelle ein knallgelbes Auto entgegen. In dem Wagen saß Reinhilde, die Putzfrau. Die vier Männer mit den Atemmasken grinsten ihr freundlich zu und winkten. Da das Grinsen aber durch die Masken abgedeckt war und sie nur die Handbewegung sah, erschrak sie fürchterlich. Es war aus ihrer Sicht eine eindeutige Warnung. Die vier Männer waren da oben wohl auf irgendwelche Gifte gestoßen und nun auf der Flucht. Gott sei Dank hatten sie die Ruhe, sie zu warnen. Also drehte Reinhilde den Wagen um, fuhr direkt zur nächsten Wachstube der Forstbehörde, um die drohende Katastrophe für das Dorf und das darunterliegende Tal abzuwenden. Ja, sie müsse wohl helfen, weil die Herren ja nicht von hier waren und daher vielleicht nicht die richtigen Behörden einschalteten. Irgendwie hatte sie ja immer schon einen Verdacht gehabt, dass auf dem Gasthof Enzian ein Fluch liege. So als könne man dies durch eigenes Fluchen bändigen, fuhr sie den Berg hinab und reihte alle ihr bekannten Schimpfwörter des hier üblichen Dialektes und der angrenzenden Sprachen aneinander und betete sie herunter. Im Dorf angekommen, fuhr sie fast bei der Forstbehörde zur Tür hinein, stieg aus und rief laut, man solle auch gleich den Bürgermeister und die Wasserrettung rufen, weil etwas ganz Schlimmes passiert sei. Sie erzählte von der Flucht der Wasserexperten, Männern in Unterhosen und dass man das Gift sogar einatmen könne. Sie überschlug sich und begann zu hyperventilieren, sodass ihr niemand mehr auch nur irgendwie folgen konnte. Aber ihre Warnungen kamen an. Um auf Nummer sicher zu gehen, starteten die Förster gemeinsam mit dem herbeigeeilten Bürgermeister das volle Zivilschutzalarmprogramm. Erster Schritt war, die Dorfsirene am Kirchturm zu aktivieren.

Weiter unten auf der Bergstraße drehten sich Charly Weger und Ötzi im fahrenden Wagen um, weil sie ein lautes Aufjaulen hörten. Kurz darauf kam dem Volvo mit den vier Männern ein Einsatzwagen der Wasserrettung entgegen. Der Pathologe war gezwungen, abrupt auszuweichen. Dem nicht sehr fahrerprobten Eismann wurde schlecht. Weil Dimitri bereits Teile des Frühstücks von Ötzi im Genick spürte, zwang er den Pathologen mit Nachdruck, am Straßenrand anzuhalten. Ötzi stieg aus und beugte sich einige Minuten über die Böschung.

Nachdem er sich wieder gefangen hatte, entdeckte er am Straßenrand einen plattgefahrenen Frosch, den er sofort in seine Gürteltasche steckte. Nun konnte die Fahrt weitergehen. Alle waren glücklich, als sie kurz danach die Talsohle erreichten und die Kurvenfahrt damit ein Ende nahm.

Dimitri fand, es sei der Moment gekommen, den Pathologen zu fragen, wohin eigentlich die Reise gehen solle. Erst nach einigen gefahrenen Kilometern antwortete der Pathologe: „In das andere Eck des Landes." Da Dimitri nicht auf das Reiseziel einging, präzisierte der Pathologe: „In ein abgelegenes Tal in eine Pension oder so. Jedenfalls etwas mit einem Koch. Ich mag nicht mehr Hausfrau spielen."

„Gute Idee", sagte Dimitri.

„Gute Idee", wiederholte Ötzi.

2 Die Geschichten

Nach mehreren Stunden Fahrt stellte sich heraus, dass die Idee zwar gut, aber nicht ausgereift war. Alle Beherbergungsbetriebe im Tal waren geschlossen, da die Bergwanderer und Pilzsammler bereits abgezogen waren. Ihnen waren mit etwas Abstand eine Karawane mit osteuropäischem Personal und zum Schluss die Gastwirte gefolgt, nachdem sie den Kassensturz hinter sich gehabt hatten.

Aber nicht alle hatten sich auf in die oberitalienischen Thermenorte oder per Langstreckenflug an den südostasiatischen Äquator gemacht. Ein Betrieb hielt durch. Ganz hinten am Talschluss stand die modernste Hotelanlage der Region. Fünf Sterne Superior, mit allem, was dazugehört.

Der Volvo mit den vier Gestalten mit Atemmasken war zwar nicht das, was sich der Betreiber vorstellte, auch entsprach das Haus nicht den Budgetvorstellungen des Pathologen. Dimitri wollte es aber so. Er holte eine große Tüte mit vielen Dollarnoten heraus: „Das haben wir uns verdient."

Weitere Versuche des Pathologen wurden damit im Keim erstickt.

Die vier marschierten durch die spacige Lobby. An der Rezeption angekommen, begrüßte der Pathologe den Rezeptionisten mit einem freundlichen: „Ghumden Dahg." Erstaunt über den Klang seiner Stimme, nahm er die Atemmaske ab. Und wiederholte: „Guten Tag, haben Sie noch zwei Zimmer frei?"

Der Rezeptionist sah zu, wie auch die anderen drei Herren ihre Masken abnahmen, und bedauerte: „Tut mir leid. Wir haben nur mehr die Suite frei."

Der Pathologe schaute ebenso bedauernd Dimitri an, der sofort reagierte: „Perfeeeekt! Hier sind unsere Pässe." Er wandte sich in Richtung Pathologe: „Doktor, wo deiner?" Der zog seinen aus der Jackentasche und legte ihn dem Rezeptionisten hin. Dieser wiederum war etwas verunsichert, ob er dieser Gruppe die Suite übergeben sollte, er fing nervös an zu stottern. Dimitri hatte dafür aber die passende Strategie parat. Er hielt dem Mann hinter der Empfangstheke seine Tüte voller Dollarnoten hin und fragte, ob der Safe in der Suite denn groß genug sei oder ob er einen Teil des Geldes besser an der Rezeption lassen solle.

Die Willkommenskultur änderte sich schlagartig. So checkten die vier der Reihe nach ein, während sich hinter ihnen der arme Concierge in der Messing-Glas-Drehtür mit der russischen Militärtransportkiste verkeilte. Der finnische Gast mit der unglaublichen Ausstrahlung kam dem Rezeptionisten irgendwie bekannt vor. Er versuchte, ihn auf Englisch anzusprechen. Der Finne mit seinen dunklen Augen und dem unendlich durchdringenden Blick grinste aber nur und bewegte seinen Kopf, wie es treue Hunde tun. Der Rezeptionist wusste nicht, wie ihm geschah. Dem österreichischen Begleiter des Finnen war es ein Bedürfnis aufzuklären: „Er ist ein weltberühmter Mann. Er ist oft im Fernsehen."

Sofort griff der Schwede mit dem russischen Akzent ein und zog beide von der Rezeption in Richtung Fahrstuhl. Dort wurde dem Eismann zum zweiten Mal an diesem Tag schlecht. Dimitri reagierte nun sofort und hielt ihm die Tüte mit den Dollarnoten hin. Erst als Ötzi sie ihm dankend zurückgab, dachte der Russe wieder an das Geld. Wenig später betraten sie den Flur in der obersten Etage. Voran ein Hotelpage, gefolgt von Dimitri, dahinter zögerlich der Pathologe, dahinter Charly Weger und als Letzter Ötzi, der alles bestaunte.

Am Gang kam ihnen ein Etagenkellner entgegen, mit einem Tablett voller Leckereien. Der Eismann blieb vor ihm stehen, holte den plattgefahrenen Frosch aus der Gürteltasche und legte ihn dem Kellner aufs Tablett. Im Gegenzug nahm er sich eine Handvoll Lachsbrötchen und griff dem Kellner an den Schritt. Als dieser sein ungewöhnliches Erlebnis etwas später dem Rezeptionisten erzählte, beruhigte ihn dieser mit den Worten: „Ein finnischer Superstar. Der darf das."

Die Suite war zur allgemeinen Zufriedenheit der vier Herren. Im Bad, das die Größe des Speisesaales des Berggasthofs Enzian hatte, gab es sogar einen Whirlpool. Dimitri entschied, dort drinnen erst mal das Geld zu waschen. Vorher zupfte er aber noch zwei saubere Päckchen aus der Tüte und steckte sie ein. Während er das restliche Geld im Wasser ließ, sagte er zu Ötzi: „Komm, habe unten Boutique gesehen. Brauchst Neues zum Anziehen, das besser passt."

Die zwei verschwanden durch die Tür. Der Pathologe legte sich zum Ausruhen auf die Riesensofalandschaft und nickte ein. Nach drei Stunden weckte ihn Charly Weger, der seinen Ötzi vermisste.

„Verdammt", sagte der Pathologe und hoffte, dass nichts Schlimmes passiert war.

Die zwei machten sich auf die Suche nach den beiden Verschollenen. Sie fanden sie weder im Restaurant noch im Wellnessbereich. Auch in der kleinen Einkaufsstraße, die der Architekt zwischen Saunalandschaft und Lobby gequetscht hatte, waren sie nicht. Eigenartig kam ihnen vor, dass das ganze Hotel wie leergefegt war. Selbst die Rezeption war unbesetzt. Das beunruhigte den Pathologen noch mehr. Linksseitig von der Lobby führte ein Zugang zur sogenannten Kaminlounge. Als sie näherkamen, sahen sie, dass der Saal voller Menschen war. Gäste und Angestellte.

Zentral an der Wand hatte der Saal einen großen offenen Kamin. Dort saß auf einem mit Kuhfell überzogenen Hocker der Mann aus dem Eis, mit einer Armani-Jeanshose, einem Lacoste-Hemd, einem außergewöhnlichen Gürtel sowie nicht minder dezenten Lederschuhen mit Ziegenfellapplikationen. Der Eismann hatte einen Stock in der Hand, mit dem er immer wieder im Feuer stocherte. Alle im Raum Anwesenden klebten mit ihren Blicken und Gedanken am Gletschermann.

Er schien den Menschen eine Geschichte zu erzählen. Im Raum herrschte eine Stille, die erahnen ließ, wie sehr er die Seelen berührte. Der Pathologe sah in die Runde: Einige hatten Tränen in den Augen, aber alle sahen unendlich glücklich aus. Der Mann aus dem Eis wandte seinen Blick nun aus dem Feuer in Richtung seiner Zuhörer und sprach: „Danke. Menschen alle." Viele standen auf und gingen zu Ötzi, gaben ihm die Hand. Er streichelte einige am Kopf. Andere lagen sich in den Armen.

Dimitri, der seitlich an einer Art Bar lehnte mit einem Whiskyglas in der Hand, kam zum Pathologen hinüber.

„Was zum Teufel ist hier los?", wollte der Pathologe von Dimitri wissen.

„Du hättest ihn sehen sollen: Er hat Geschichte von Feuer erzählt. Fast zwei Stunden lang. Alle haben zugehört. Mäuschenmucksstill. Ottsi ist jetzt wirklich Superstar."

3 Die Hartnäckigen

„No comment“, sagte Frau Direktorin zum dritten Mal in Folge. Nun änderte der Journalist seine Strategie. Dazu passend kramte er seine sanfteste Stimme hervor: „Aber schauen Sie, Sie sind ja eine öffentliche Angestellte und als solche unserer Öffentlichkeit verpflichtet, oder?“ Ihr zustimmendes Nicken fasste er als Aufforderung auf, weiterzumachen. „Den Amerikanern also weniger. Stimmt's?“

Frau Direktorin wurde leicht ungehalten: „Ich sehe schon, Sie geben nicht auf. Also ich kann Ihnen Folgendes sagen: Die arbeiten an einer innovativen bildgebenden Technologie, die sie an der Gletscherleiche testen wollten. Das haben die gemacht. Und dann sind sie wieder abgezogen.“

„Warum haben sie nach drei Tagen die Container ausgetauscht?“, hakte der Journalist nach.

„Einer der Server hatte wohl einen Transportschaden. Er funktionierte nicht richtig.“ Frau Direktorin klang bewusst gelangweilt.

„Verstehe.“ Der Journalist schien die Antwort zu akzeptieren, wollte aber noch nicht zu einem Ende kommen. „Wissen Sie, was mich noch beschäftigt seit dem Diebstahl? Wenn es schon einen verrückten reichen Sammler gibt, der die Steinzeitfunde des Ötzi haben möchte, warum will der nicht auch die Gletscherleiche selber?“

Die Direktorin des Archäologiemuseums saß da an ihrem Schreibtisch, blickte auf den neugierigen Journalisten und klopfte mit einem Bleistift auf die Tischkante. So als wolle sie irgendwohin SOS morsen. Sie ließ sich Zeit mit der Antwort, weil sie wusste, dass spontane Aussagen fehleranfällig waren. Dann kam ihr die überzeugende Idee: „Bereits im alten

Ägypten wollten die Grabräuber nur die Beigaben und nicht die Mumien." Sie quetschte ihre Lippen zusammen und hob beide Augenbrauen. Sie dachte dabei: „Komm, schluck's und lass mich in Ruhe."

Der Journalist war angestrengt am Denken. Dazu hatte er einen eigenen Gesichtsausdruck parat, den jeder kannte, der den Journalisten kannte.

Das nutzte Frau Direktorin nun schamlos aus und legte nach: „Aber zum Diebstahl befragen Sie bitte die Kommissarin."

Dem Journalisten blieb nur mehr, ihr zu danken, anzukündigen, dass er das tun werde, und sich zu verabschieden.

Die Commissaria hatte zur selben Zeit Walter Baumeister vorgeladen. Er erschien in Uniform, weil er damit auf kollegiales Verständnis hoffte. Dabei war es eher umgekehrt. Walter Baumeister hatte große Schwierigkeiten, die Commissaria zu verstehen. Sie hatte ihn eintreten lassen, die Tür geschlossen, ihm einen Platz angeboten und sogar den Stuhl beim Niedersitzen gehalten. Dann trat sie wieder hinter ihren Schreibtisch, lächelte einmal kurz und legte los. Sie schrie Walter Baumeister so sehr an, dass er Schwierigkeiten hatte, ihr zu folgen: Was er denn glaube, wer er sei. Und wie ihm einfallen habe können, mit einem Journalisten anstatt der ermittelnden Behörde zu reden? Und weiter: Ob er überhaupt wisse, dass Beweismittelvorenthaltung eine Straftat sei? Und dann noch eine ganze Reihe wenig schmeichelhafter Dinge.

Nach acht Minuten Dauergeschrei musste die Commissaria kurz Luft holen. Walter Baumeister nutzte diesen Moment, um demütig um Verzeihung zu bitten. Die Commissaria wollte noch zu einer zweiten Runde ansetzen, aber ihr

Telefon klingelte. Die Museumsdirektorin war dran. Gambalunga sagte zu Walter Baumeister: „Sie gehen jetzt nebenan zum Kollegen und sagen ihm alles … haben Sie verstanden … alles, was Sie von diesem Weger wissen."

Er verließ den Raum und die Commissaria wandte sich dem Gespräch mit der Frau Direktorin zu. Diese war etwas nervös: „Der Journalist war wieder da. Er stellte Fragen zu den Amerikanern. Und auch, warum die Diebe nicht die Leiche mitgenommen hätten. Das wird langsam etwas heiß."

Die Commissaria schwieg. Das machte Frau Direktorin noch angespannter, also preschte sie mit einem Vorschlag vor: „Wir sollten noch jemanden in das Geheimnis einweihen. Die nächste Routineuntersuchung steht an. Am besten wäre es, den alten pensionierten Pathologen einzuweihen. Beim Nachfolger erfährt das gesamte Team, was los ist, und dann geht alles seinen Amtsweg. Einen Pensionisten dazu zu überreden zu helfen, ist einfacher und weniger riskant. Meinen Sie nicht auch?"

Die Commissaria dachte kurz nach und sagte dann: „Da haben Sie recht."

Der Plan sah Folgendes vor: Sobald der aktuell verantwortliche Pathologe sich zu einem Kongress aufmachen würde, würde plötzlich eine dringende polizeiliche Leichenuntersuchung nötig sein. Dazu würde kurzfristig der pensionierte Pathologe herangezogen werden, der, eingeweiht, den einwandfreien Zustand der Leiche attestieren würde. Dann würde endlich Ruhe von den Medien und Schluss mit den Gerüchten sein.

„So machen wir's", bestätigte die Commissaria.

„Gut", gab sich Frau Direktorin zufrieden, „dann rufe ich sofort den Pathologen an."

4 Die Anhänger

An diesem ersten Morgen im Fünf-Sterne-Hotel entschied der Pathologe, das Handy gar nicht erst einzuschalten. Wenn schon Luxus, dann ordentlich. Nachdem Dimitri nach dem so erfolgreichen Sozialisationsabend der ehemaligen Gletscherleiche ausgiebig an der Hotelbar gefeiert hatte, blieb er noch lange im Bett. Während seine Freunde zum Frühstück und dann in den Wellnessbereich verschwanden, schlief er sich ordentlich aus, um sich dann um die in Mitleidenschaft gezogenen Geldreserven zu kümmern. Er hängte die Scheine, einen neben den anderen, auf ein dünnes Seil, das er kreuz und quer durch die Suite spannte. Zufrieden betrachtete er sein dekoratives Werk und beschloss, den anderen ins Spa zu folgen.

Dimitri hatte aufgrund seiner Herkunft sowie seines bewegten und nicht minder abwechslungsreichen Lebens schon einiges gesehen. Aber der Wellnessbereich des Hotels war so, als habe irgendeine kosmische Teigrührmaschine in den Kitsch- und Pomp-Läden aller Kulturen und Zeiten das eingekauft, was vorrätig war, und dann zusammengemischt, was niemals zusammengehören würde. Er war beeindruckt. Und das passierte praktisch nie. Mit Ausnahme von der Wiedergeburt des Eismannes, der gerade mit Charly Weger aus einer Umkleidekabine marschierte.

Charly trug eine Badehose im Leopardenfell-Look, Ötzi eine in Neonfarben. Auf jener war zwar der Spruch aufgedruckt: „Do more of what makes you happy", Ötzi schien sich aber nicht wohlzufühlen. Charly wiederum stand da, als wüsste seine Haut nichts von der Existenz der Sonne. Sein dunkler Bart und die mittlerweile halblangen Haare hatten aus dem städtischen Polizeibeamten außerdem eine völlig andere Persönlichkeit gemacht. Die Aura des Eismannes hatte ihn befreit. Dementsprechend schwebte er auf den Badesandalen geradezu in Richtung Sprungbrett. Dort klatschte er mit dem Bauch voll auf die Wasseroberfläche, und kaum war er wieder aufgetaucht, johlte er: „Habt ihr das gesehen?"

Ötzi schien langsam zu verstehen, wozu dieses eigenartige Stück Stoff, das er trug, gut war. Das Tier, von dem das Fell stammte, musste eines der niederen Wesen sein, ein Tier, das der *Diw Pa*, der Vater des Himmels, strafen wollte. Dafür war das Wasser so klar und rein.

Der Eismann trat an den Beckenrand. Die gesamte Wasser-Work-out-Gruppe verweigerte der Fitnesstrainerin die Aufmerksamkeit und kam in seine Richtung. Auch der zweite Sprung von Charly Weger, eine versuchte Dreifachschraube, die blitzartig zur Arschbombe mutierte, lenkte niemanden mehr ab.

Ötzi bückte sich und tauchte seine rechte Hand in das Becken. Er hob etwas Wasser mit der Handfläche nach oben, streckte die Hand aus und das Wasser tropfte wieder hinunter. „Ap wagh", sagte er, und als er die fragenden Gesichter um sich herum sah, begann er ihnen die Geschichte des Wassers zu erzählen.

Der Pathologe, der in der Ruhezone etwas abseits des Beckens auf einem Liegestuhl saß, beobachtete erneut die Szene. Plötzlich war da wieder diese fesselnde Atmosphäre im Raum, der niemand widerstehen konnte. Auch Charly Weger hockte mittlerweile auf dem Sprungbrett und hörte gespannt zu. Der Pathologe war nicht nur vom Inhalt der Geschichte begeistert, sondern auch darüber, wie der Eismann von Tag zu Tag besser sprach. Viel flüssiger und zunehmend farbiger. Dabei setzte er seine Stimme so ein, dass sie zum Element Wasser passte: sanft, weich und nachgiebig. Da sprach ein großer Rhetoriker, der auch Entertainer sein konnte. Kaum hatte der Pathologe diesen Gedanken fertiggedacht, riss der Eismann das eigenartige Leder von seinem Leib, spreizte seine Arme und sprach: „Möge das Wasser alle reinigen von der falschen Haut, die sie umgibt."

Applaus und Jubel brachen aus unter den Badegästen. Der Reihe nach taten sie es ihm gleich und entledigten sich ihrer Badebekleidung. Der Pathologe betrachtete das alles mit der Hand auf der Stirn und mit Kopfschütteln. Er sah, wie ein Spa-Betreuer aus dem Technikraum kam und zunächst verwirrt auf die Gäste starrte. Dann wandte er sich mahnend an den Eismann mit den Worten: „Das geht so nicht!"

Das Gesagte löste aber heftigen Protest unter allen anderen nackten Gästen aus. Zu dem Zeitpunkt trug nur noch der Pathologe seine Badehose und fragte sich, was es wohl war, was der Gletschermann bei den Menschen auslöste.

Ötzi wollte nun mit großen Schritten über das Wasser zu Charly Weger auf das Sprungbrett zugehen. Die Badegäste wurden zunehmend ausgelassener, klatschten mit den Händen auf das Wasser, sprangen. Überall sah man nackte Hintern, Brüste und Geschlechtsteile. Nur den Eismann sah der Pathologe nicht mehr.

Er sprang auf, schrie Richtung Dimitri: „Er kann nicht schwimmen!"

Charly Weger machte einen Kopfsprung und zog den Mann aus dem Eis aus dem Wasser. Dimitri half ihm dabei. Sie legten ihn auf den Boden am Beckenrand. Der Pathologe erkannte, dass er nicht atmete, und schlug ihm zweimal gekonnt auf die Brust. Ötzi hechelte, riss die Augen auf und setzte sich ruckartig nach vorne. Dabei spuckte er eine Menge Wasser und Reste des Frühstücks auf Dimitri.

„Gott sei Dank", sagte der Pathologe.

„Superheld", sagte Charly Weger.

„Danke auch", sagte Dimitri.

Alle Gäste standen herum, so wie Gott sie geschaffen hatte, und waren heilfroh, dass Ötzi noch lebte. Der Gletschermann schaute auf seine Freunde mit den Worten: „Danke, Fri."

Als dies ein weiter hinten in der Gruppe stehender britischer Pensionist, mit einer Körperfülle eines Doppel-Zentners, hörte, forderte er die anderen Gäste auf, durch das gesamte Hotel zu ziehen. Mit dem Slogan: „Free yourself!"

Nach der Aufregung brauchte Dimitri Entspannung an der Hotelbar. Der Pathologe war der Meinung, dass Ötzi etwas Ruhe benötige. In der Suite angekommen, klingelte das eben erst aktivierte Handy. Es war die Direktorin des Museums, die um ein Treffen bat. Er sagte spontan zu, da alles andere auffällig gewesen wäre.

In der Zwischenzeit hatte der Eismann auf der Terrasse ein kleines Feuer gemacht und sich im Schneidersitz davorgesetzt. Jemand hatte ihm dazu buntgemusterte Blätter eines Baumes, den er nicht kannte, an einer Schnur in ihrer Suite zum Trocknen gehängt.

Der Pathologe kam zu ihm auf die Terrasse.

„Blätter machen gutes Feuer. Feuer hat großen Wert für Mann", sagte der Eismann zufrieden.

Als Dimitri hinzukam, mit einer Flasche uraltem Whisky, bemerkte er sofort die leere Schnur. Der Pathologe brachte ihm schonend bei, aus welcher Kraft dieses Feuer loderte.

Dimitri blieb gelassen und sagte: „Stammt von Agentenkoffer. Sowieso falsch."

Der Pathologe nahm ihm die Whiskyflasche ab und gab sie ihm erst wieder zurück, als sie leergetrunken war.

5 Die neue Spur

„Möchten Sie etwas trinken?", fragte Frau Direktorin den Pathologen. „Nur etwas Wasser bitte. Und einen starken Kaffee, wenn es geht." Die Fahrt vom Tal hinaus und zum Museum war eine ziemliche Strapaze gewesen. Die Kurvenlage seiner Leber war nach der Flasche Whisky keine gute gewesen. Und als ob die Leber es genossen hätte, hatte sie versucht, ihn alle paar Kilometer daran zu erinnern, so etwas nie wieder zu tun.

Bis das Glas Wasser und der Kaffee kamen, war Frau Direktorin auffällig belanglos in der Kommunikation. Kaum stand der Kaffee auf dem Tisch, kam noch eine sehr attraktive Frau in der Uniform der Staatspolizei zum Gespräch dazu. Der Pathologe bemühte sich, möglichst aufrecht zu sitzen und gelassen zu wirken, und er hoffte auf geringen Mundgeruch.

Alle Anwesenden grinsten leicht verlegen, bis Frau Direktorin sich an den Pathologen wandte: „Nun, ich habe Commissaria Gambalunga dazugebeten, weil es ja auch um die Ermittlungen geht. Und daher ist es mir recht, wenn sie auch direkt dabei ist. Nun, das, worum wir Sie gerne bitten möchten, ist Folgendes ..."

Der Commissaria war Frau Direktorin zu wenig konkret. Also übernahm sie die Gesprächsleitung: „Also, Herr Doktor. Folgendes: Wir möchten Sie jetzt in Kenntnis einer Tatsache setzen. Danach machen wir Ihnen einen Vorschlag. Oder besser gesagt, wir bitten Sie um einen Gefallen. Sie müssen die Tatsache aber auf alle Fälle für sich zu behalten. Haben Sie mich verstanden?"

Kleine Schweißperlen bildeten sich am Nacken des Pathologen und begannen am Halsflaum zu turnen. Das juckte unglaublich. Er war sich sicher, die beiden wüssten um seine Rolle in der Diebstahlsache Gletschermann. „Sei jetzt ja vorsichtig, was du sagst", hämmerte es durch sein Gehirn, das noch nach einer Antwort suchte. Er blickte Frau Direktorin an und fragte: „Geht's um was Illegales?"

Beide Damen kniffen ihre Lippen zusammen und machten eine Kopfbewegung, die sich nicht zwischen Ja und Nein entscheiden konnte. Jetzt war Frau Direktorin schneller: „Warum machen wir es nicht andersrum? Wir fragen Sie einfach mal, ob Sie uns einen Gefallen tun würden."

Die Commissaria schaute in einer Mischung aus Verwunderung, Ärger und Perplexität. Frau Direktorin grinste so breit, als könne sie damit den Blick der Commissaria aus ihrem Büro drängen.

„In Ordnung", sagte der Pathologe, „ich verstehe wahrscheinlich erst, wenn ich ja sage."

Frau Direktorin klatschte einen kleinen, dafür umso schnelleren Applaus: „Ich wusste es, dass man sich auf Sie verlassen kann."

„Schon gut", schob sich die Commissaria zwischen das aus ihrer Sicht unnötige Geplänkel: „Würden Sie für uns die Gletscherleiche untersuchen und ihre Unversehrtheit bestätigen?"

Die Schweißperlen am Nackenflaum des Pathologen turnten nicht mehr, sondern fuhren Achterbahn in dreifacher Besetzung. Er dachte ein ganz langgezogenes: „Scheiße." Und anschließend „Das war's wohl" und „Die wissen Bescheid".

Er schaute abwechselnd die Commissaria und dann Frau Direktorin an. Die beiden waren erschreckend ruhig, was ihn zu der Annahme trieb, dass das Ganze jetzt wohl weibliche Perfidität sei. „Die wollen, dass ich gestehe", war er überzeugt.

Da die Mimik des Pathologen statisch blieb, weil alle Muskeln seines Kopfes mit der Stimulanz seines Gehirns beschäftigt waren, legte Frau Direktorin nach: „Schauen Sie, wir möchten vermeiden, dass in der halbjährlichen Routineuntersuchung ... Sie wissen ..."

„Die Leiche ist verschwunden", knallte die Commissaria heraus, als einzige Person im Raum ohne persönlichen Bezug zur Leiche.

„Wie denn? Was ... wer?" Der Pathologe stotterte nur mehr. Dann sprach die Commissaria den erlösenden Satz: „Wir haben keine Ahnung, wer es war, jemand hat das Imitat der Gletscherleiche, das im Keller gelagert war, in die Kühlzelle gelegt."

Der Pathologe spürte schlagartig Erleichterung. Er atmete laut aus und schob ein „Pfuhhh" hinterher: „Das ist der Hammer."

„Diesen Hammer müssen Sie jedoch ab sofort für sich behalten. Im Moment wissen nur Frau Direktorin und ich, dass die Leiche nicht mehr unten in den Ausstellungsräumen liegt", sagte die Commissaria mit einem leicht drohenden Unterton, der wahrscheinlich eine Polizeiuniform als Klangkörper brauchte, um überhaupt erzeugt werden zu können.

„Und jetzt auch ich", sagte der Pathologe, dachte aber an zwei weitere Personen, die wahrscheinlich gerade mit der ehemaligen Leiche im Wellnessbereich eines Luxushotels ihre nackten Körper im Whirlpool entspannten. Dieser Gedanke entspannte auch den Pathologen. Er wollte mehr wissen: „Warum gerade ich?" Diese Frage richtete sich natürlich primär an Frau Direktorin.

„Nun, ich kenne Sie schon viel länger als Ihren Nachfolger. Und wenn wir über den normalen Amtsweg gehen, kommt die halbe Abteilung mit, und dann weiß es die ganze Welt. Und irgendwie geht es ja auch um Ihren guten Ruf. Ihr Name hängt ja eng mit Ötzi und dem Museum zusammen." Mit dem letzten Halbsatz sank Frau Direktorin in ihren Schreibtischsessel. Sie hatte es mit einer kleinen Drohung versucht, die dem Pathologen aber egal war. Besser konnte es gar nicht laufen für ihn und seine Kollegen.

„Aber wie soll das gehen? Ich kann ja nicht einfach kommen und sagen: Jetzt will ich mal wieder an die Leiche?" Der Pathologe gab sich noch nicht überzeugt.

„Daran haben wir gedacht", stieg die Commissaria wieder in das Gespräch ein: „Wir warten in den nächsten Wochen ab, dass Ihr Nachfolger auf einem Kongress oder so ist, und, zack, an einem Sonntag will ich sofort ein Gutachten haben von Ihnen. Sie müssen nur in Bereitschaft bleiben."

„Klingt vernünftig", sagte der Pathologe. Er biss sich beidseitig in die Wangeninnenseite, aus Freude über den Auftrag. Nun waren auch beide Damen entspannt und alle drei nippten wieder an ihren Kaffeetassen.

Durch das eben Geschehene wurde der Pathologe sogar etwas bummelwitzig. Beim dritten Schluck Kaffee fing er an, laut nachzudenken über die Möglichkeit, ob nicht die Amerikaner hinter der Leichenentführung stecken könnten. Die Commissaria sprang aus ihrem Stuhl auf: „Wäre das möglich?" Sie beugte sich zur Direktorin des Museums hinüber.

Zeitgleich zum hektischen Nachdenken sagte die Angesprochene: „Ja sicher, ja logisch. Am zweiten Tag haben sie die Container ausgetauscht. Per Helikopter. Hat die halbe Stadt gesehen."

Die Commissaria rollte die Augen nach oben und wurde laut: „Warum? Porca vacca!"

Frau Direktorin suchte vergebens in ihrem Neuronennetz nach einer Antwort, die annähernd einer Erklärung gleichschaute. Der Pathologe hatte seine Spitzbübigkeit noch nicht abgelegt und fuhr geradewegs zur Hochform auf: „Ich nehme an, gekühlte Container? Mit außen Klimaanlagen dran?"

„Ja", Frau Direktorin fing an zu zittern, „waren ja Server drinnen."

„Wurde das kontrolliert?", wollte die Commissaria wissen. Frau Direktorin wurde stumm und schüttelte nur mehr den Kopf. Die Commissaria ließ sich wieder in den Stuhl fallen und legte ihr Gesicht in beide Hände.

Jetzt war für den Pathologen der Moment gekommen, die brennende Frage nach dem Warum der Commissaria zu beantworten. Dabei spielte wahrscheinlich auch der Restalkohol im Körper des sonst überaus besonnen wirkenden Pensionisten eine nicht unwesentliche Rolle. „Ich denke", sagte er, „es könnte mit den neuesten Forschungen am MIT zu tun haben. Da geht es um Regenerationsmethoden, genetische. Ich möchte Sie nicht mit den Details langweilen. Nehmen wir einmal an – nur als akademische Diskussion –, sie sind so weit, um menschliche Körper wiederzubeleben. Bigger, greater, further! Ötzi ist die älteste und am besten erhaltene Mumie der Welt."

Mit diesen Gedanken ließ er die beiden Frauen sitzen. Er stand auf, verabschiedete sich und ging zur Tür hinaus mit den Worten: „Sie melden sich wegen des Gutachtens?"

Frau Direktorin nickte. Beide saßen mit offenem Mund da.

Dann kam der Pathologe noch einmal zurück und richtete eine Frage juristischer Natur, wie er sie nannte, an die Commissaria: „Wenn er also wieder leben würde, wäre es gar kein

Diebstahl einer Leiche, weil es ja keine Leiche mehr ist. Oder?“

Die Commissaria blieb die Antwort schuldig.

Die Gabe

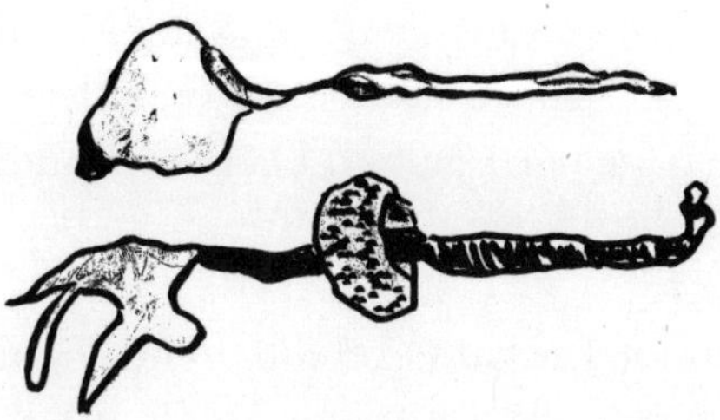

1 Der Hashtag

Schulden konnte der Pathologe gar nicht leiden. Deshalb räumte er fast sein ganzes Konto leer, bevor er wieder Richtung Luxushotel fuhr. Die Rechnung machte ihm jetzt schon Kopfzerbrechen. Auch war er etwas nervös, weil er nicht wusste, was die drei in seiner Abwesenheit alles angestellt hatten.

Den Rest der Fahrt musste er darüber nachdenken, welcher Vollidiot den Damen wohl von der Möglichkeit erzählt hatte, dass sich Ötzis Zustand auch verändert haben könnte. Zum Besseren, genauer gesagt. Da es ihm autofahrend nicht gelang, sich selbst in den Allerwertesten zu beißen, vertagte er diesen Versuch.

Als er im Hotel ankam und durch die Drehtür ging, empfing ihn lautstark der Rezeptionist. Er bat ihn, zu ihm zu kommen, um am Bildschirm die unglaublich hohen Klickraten zweier Videos zu bewundern. Der Pathologe war zunächst verwundert über den bisher so korrekten und zurückhaltenden Rezeptionisten, erkannte dann aber umgehend den Zusammenhang.

Das erste Video hatte wohl ein Gast in der Kaminlounge vor zwei Tagen aufgenommen. Es war Ötzis Erzählung über das Feuer. Unter dem Hashtag #FIREMAN gab es tatsächlich Zigtausende Klicks und Kommentare. Außerdem gab es bereits zwei Versionen mit spanischen und englischen Untertiteln. Das zweite Video wurde zwar später hochgeladen, übertraf das erste aber bei Weitem an Reichweite. Es war sogar im Ranking der meistgesehenen lokalen Videos auf der Landingpage des bekanntesten Online-Videoportals. Es zeigte einen angeblich finnischen Nuklearmediziner, wie er nackt und sehr ergreifend vor einer Horde ebenso nackter Menschen von der Entstehung und den kosmischen Aufgaben des Wassers erzählte.

„Danke für den Hinweis", sagte der Pathologe und machte sich auf die Suche nach den drei Freunden.

Nun wollte er ihnen ja nicht von vorneherein wieder eine Katastrophe unterstellen und ging deshalb zunächst in die Suite. Bereits als er mit dem Aufzug in die Nähe der obersten Etage kam, hörte er einen Heidenlärm. Es hörte sich nach Musik und einer großen Ansammlung von Menschen an.

Der Pathologe sollte recht behalten. Die Suite war brechend voll. Aus der Musikanlage dröhnte es laut. Überall standen leere Flaschen und Gläser herum. Als er sich durch die eng beieinanderstehenden Menschen durchkämpfte, sprach ihn plötzlich ein Mann an. Er trug fast schulterlanges Haar. Weißblond. Schien einen guten Freund zu haben, der den lukrativen Karriereweg eines Schönheitschirurgen eingeschlagen hatte. Das änderte nichts an der Tatsache, dass er die Aura eines Spätfünfzigers hatte. Trotz Solariumsbräune. Der Mann begrüßte den Pathologen überschwänglich. „Ja, ich glaube, Sie sind es! Der vierte der Truppe."

Der Pathologe verstand nicht und sagte der Einfachheit halber erst mal: „Ja."

Der Mann, so stellte er sich vor, war der Besitzer des Hotels, der Tourismuspionier im Tal sowie die Avantgarde des hiesigen Destinationsmanagements. Bei einem ersten Glas Wodka mit Gummibärchen-Geschmack erzählte der Chef des Hauses dem Pathologen, dass er mit dem schwedischen Head of Management schon alles geregelt habe.

„Dem was, bitte?" Der Pathologe war sich sicher, dass er falsch verstanden hatte.

„Eurem Boss“, führte der Hotelier aus. Jedenfalls, dass er mit diesem bereits die nächsten Appearances schon gecheckt und fixiert habe. Auch für die speziellen Mentaltrainings des österreichischen Gedächtnistrainers, der dieses Mal nur zum Akklimatisieren dabei sei, gebe es ein Commitment.

Der Pathologe hatte immer schon den leichten Verdacht gehabt, dass Dimitri etwas durchgeknallt sei, aber was er hier veranstaltete, war wohl doch etwas übertrieben.

„Was ist eigentlich Ihr Spezialgebiet?“, unterbrach der Hotelbesitzer seine Gedanken.

„Ich? Ich bin der Fahrer“, sagte der Pathologe und sein Gesprächspartner war umgehend verschwunden.

Das gab dem Pathologen wieder die Möglichkeit, seine Freunde zu suchen. Er fand Dimitri an der kleinen Küchentheke, die er in eine Molekular-Bar umgebaut hatte. Er mixte eigenartige Getränke, die wohl umwerfend ankamen. Vor der Theke lag ein halbes Dutzend Partyteilnehmer am Boden. Besinnungslos. Draußen auf der Terrasse stand eine große Menschentraube und es blitzte dauernd. Der Pathologe ging näher heran und entdeckte Ötzi und Charly Weger mittendrin, die laufend für Selfies mit den Partygästen posieren mussten. Alle wollten ein Bild mit den beiden posten.

„Verdammt“, dachte der Pathologe, „da können wir ja gleich die Polizei einladen.“ Er ging zum schwedischen Oberchecker und erklärte ihm, wie gefährlich diese Selfiesache sei.

„Hast recht“, sagte Dimitri, „machen wir russisches Lösung?“ Ohne auf die Antwort des Pathologen zu warten, schnappte sich der als Schwede getarnte Russe einen Ständer mit sechs brennenden Kerzen von der Theke und verschwand aufs Klo.

„Feuermelder sind eine tolle Erfindung", dachte der Pathologe, als er nassgesprüht beobachtete, wie die Gäste das Weite suchten.

„Wurdiges Ende für erste große Party von #FIREMAN", posaunte Dimitri, als der letzte Gast zur Tür draußen war.

Der Eismann war verwundert über den plötzlichen Regen ohne Wolken in der großen Höhle. Er nahm es aber nach der ganzen Aufregung als Erfrischung hin. Belustigt war der Mann aus dem Eis über die Tatsache, dass die Menschen in der heutigen Zeit alle noch Faustkeile verwendeten. Zudem stumpfe. Zu seinen Zeiten waren diese längst schon überholt. Mann trug Kupferbeile. Nur drei Dinge hatten die jetzigen Menschen am Faustkeil geändert: Einmal hielten sie ihn immer wieder ans Ohr und schienen mit ihm zu sprechen. Der Faustkeil hatte also auch die Funktion eines Zuhörers. Zum Zweiten streichelten sie ihn immer wieder und das Ding änderte seine Farbe. Die dritte Sache, die neu war, war die magische Fähigkeit, kleine Blitze zu erzeugen. Dazu hielten sie den Faustkeil im Dunkeln in die Höhe und berührten ihn mit einem Finger. Das war bei ungenießbaren Tieren mittlerer Größe recht nützlich, um sie zu verjagen. Aber warum alle das ausgerechnet bei ihm und Freund Charly ausprobieren wollten? Schaden nahm er jedenfalls keinen davon. Und da alle Gäste so einen Faustkeil hatten, war wohl auch die Wahrscheinlichkeit gering, dass davon ein Fluch ausging, obwohl der Eismann dem Pathologen sehr besorgt vorkam. Und vielleicht hatte er recht. Das Geblitze hinterließ ein eigenartiges Gefühl. So als hätten sie alle ein kleines Abbild seiner Seele erstellt und in die Welt geschickt. Er hatte nun das Gefühl, sich aufzulösen.

2 Das soziale Fangnetz

Am liebsten im Boden versinken oder sich in Luft auflösen wollte Julian Baumeister an diesem Tag. Wie er es hasste, wenn sein Vater ihn von der Schule abholte. Noch dazu im vollen Bullenoutfit und den Einsatzwagen am Gehsteig geparkt.

„Was willst du denn hier? Kannst du nicht weiter drüben parken und mir eine SMS schicken, ich solle hinkommen?", kläffte der junge Baumeister den alten an.

Der alte entschuldigte sich und bat den jungen um etwas Zeit, da er seine Hilfe brauchte.

„Okay", willigte Julian ein und verlangte im Gegenzug, dass sein Vater das Mittagessen bezahle. Sie gingen auf eine Pizza. Vorher bestand der junge Baumeister aber darauf, dass der Einsatzwagen ordnungsgemäß und unauffällig zu parken sei.

Das Anliegen seines Vaters an diesem Tag war wieder mal ein unglaublich lächerliches in den Augen des hormongebeutelten Jungen. Er wollte doch tatsächlich wissen, ob man in diesem Facebook herausfinden könne, wo gewisse Fotos aufgenommen wurden. Die Fotos finde man alle unter FEUERMANN.

„Ich check dir gleich die Profile", gab sich der Junge altklug und ein paar Momente später: „Negativ, auch der Hashtag."

„Wie, negativ?", fragte sein Vater.

„Mahhh … Negativ, weil nicht vorhanden", rollte der Junge die Augen und schaute dann seinen Vater an, als wolle er sagen: „Was soll das?"

„Vielleicht war's ja auch in Englisch?", überlegte der ältere Baumeister. Der Junior wiederholte die Suche und wurde fündig.

„Jede Menge Fotos!", er hielt seinem Vater das Handy hin. „Alle mit den beiden bärtigen Nerds."

„Lass sehen", Walter Baumeister nahm das Handy seines Sohnes, betrachtete eines der Bilder und war fast sicher, dass einer der Nerds, wie er sagte, Charly Weger war. „Also hatte der Kollege recht", dachte der Sonderermittler und wollte wissen, ob man mit dem Handy auf dem Foto den Bart abmachen könne.

„Müsste gehen", sagte der Junior und suchte eine passende App. Aber nur unter der Bedingung, dass sein Mobilfunk-Guthaben in diesem Monat um den vierfachen Betrag erhöht werde. Man einigte sich nach einigem Hin und Her auf den zweifachen Betrag.

Kaum eine Minute später zeigte Julian Baumeister seinem perplexen Vater, wie der Nerd ohne Bart aussah.

„Er ist es", glänzte es in seinen Augen. „Wo ist das?", wollte er nun wissen.

„Mal schauen, ob irgendein Spacko den Ort getaggt hat."

Natürlich hatte einer der neuen Jünger des Eismannes den Ort markiert. Und so kam es, dass Walter Baumeister, noch bevor er die Pizza bekam, die Adresse und Geo-Koordinaten des wahrscheinlichen Aufenthaltsortes von Charly Weger erfahren hatte. Zudem wollte er in der nächsten Dienstbesprechung seinen Kollegen vorschlagen, bei künftigen Verkehrskontrollen zuerst bei Facebook den Ort zu markieren. Damit wüssten alle Kollegen immer, wo die anderen auf der Lauer lagen. Als er diese Idee seinem Sohn begeistert erzählte, kommentierte dieser kopfschüttelnd: „Kontrollen spoilern, super, Papi!"

Nach Dienstschluss und für die heikle Sache in Zivil machte sich Walter Baumeister auf zu seinem Kollegen. Am

Parkplatz des modern-alpinen Hotels angekommen, stieg Walter Baumeister aus, um die Lage zu sondieren. Er überlegte kurz, ob er nicht auch den Journalisten hätte anrufen sollen. Egal, jetzt war er hier und wollte Charly Weger finden. Zudem wollte er endlich verstehen, was den Kollegen dazu trieb, den sicheren Job als Gemeindepolizist so mir nichts dir nichts, von einem Tag auf den anderen hinzuschmeißen, um mit einem bärtigen Finnen in einem Wellnessressort die Gäste verrückt zu machen.

Während Walter Baumeister all diese Fragen im Kopf parat hielt, fuhr ein Hotelpage einen älteren Volvo Station vor die Eingangstür. Dann lud er mit einem zweiten Pagen unter großer Anstrengung eine riesige Metallkiste in den Wagen. Durch die Glasfassade konnte Walter Baumeister beobachten, wie in der Lobby vier Männer an der Rezeption standen. Die wollten gerade ihre Rechnung begleichen. Aber der Hotelbesitzer bestand darauf, dass die drei Tage und Nächte sowie alle weiteren Spesen aufs Haus gingen. Man bedankte und verabschiedete sich herzlich. Der kleine Finne stieg auf die Holzdekoration der Empfangstheke und beugte sich zum Rezeptionisten, um ihm über die Wange zu lecken. Ein besonderes Zeichen der Wertschätzung, das noch aus seiner Jugend stammte. Dann kamen die vier Herren aus der Tür und Walter Baumeister näherte sich, um Charly Weger anzusprechen.

„Charly! Hallo!"

Charly Weger schaute ihn leicht entgeistert an. Der kleine Finne grinste nur. Die beiden anderen Herren gaben sich in einer Art Gebärdensprache Zeichen. Niemand sagte etwas. Bis Charly leise „Hallo" sagte.

„Was machst du hier? Was sind das für Leute? Warum kommst du von heute auf morgen nicht mehr zur Arbeit?"

Alle schauten sich der Reihe nach an. Ötzi grinste. Charly Weger wirkte schüchtern.

„Darfst du nicht reden?“, fragte Walter Baumeister eindringlicher. Nun trat der Eismann drei Schritte vor und sagte: „Der Mann stellt viele Fragen.“

Wieder wurde in die Runde geschaut, bis Charly Weger die Ruhe durchbrach: „Mir geht's gut“, sagte er, ging zum Auto und wollte einsteigen.

Walter Baumeister legte ihm seine Hand auf den Unterarm und fragte, ob er nicht antworten wolle. Charly Weger atmete durch: „Wir waren schwimmen, haben viele Fotos gemacht und es hat im Haus geregnet.“

Walter Baumester schaute auf die anderen Herren, das bewog Charly, sie vorzustellen. „Das ist Patho“, sagte er, „das ist der Dim … der Dings, der Tor aus Schweden und das ist Rea … Reamimmo aus Finnland. Und wir fahren jetzt.“

Er setzte sich ins Auto. Walter Baumeister gab sich aber nicht zufrieden und fragte, wie er sich vorstelle, wie sein Leben weitergehen solle.

„Ich bleibe bei meinen Freunden. Sie haben mich aus einem langen Schlaf erweckt. Wir machen gerade eine wunderbare Reise. Und unser Freund Reaninino hat eine sehr alte Seele, die jeden Menschen berühren kann, der ihm begegnet. Wir können damit die Welt verändern. Du solltest dich uns anschließen.“

Walter Baumeister sah in die Augen eines völlig anderen Menschen, der ihm plötzlich ganz fremd schien. Die anderen drei Herren stiegen ins Auto. Und dann fuhren sie los.

Die einzige Eingebung, die Walter Baumeister in diesem Moment hatte, verdankte er seinem Engagement in der Ortspfarre. Dort hatte er vor Jahren seinen späteren Schwager und mittlerweile Diakon kennengelernt. Der war ein mehr als engagierter Mann Gottes und gerade zufällig der aktuelle Sektenbeauftragte der Diözese. Nach kurzer hastiger telefonischer Schilderung des eben Erlebten, gab sein Schwager eine erste wichtige Handlungsanleitung: „Auf keinen Fall den Kontakt abbrechen!"

Walter Baumeister nahm unverzüglich die Verfolgung auf. Er fuhr dem Volvo, der schon einiges an Vorsprung hatte, auf der kurvenreichen Straße hinterher. Walter Baumeister hatte zu den vorgeschriebenen Fahrsicherheitskursen der städtischen Polizei Gott sei Dank noch weitere besucht und sich im letzten Jahr zusätzlich zwei Sonderstunden mit einem persönlichen Trainer gegönnt. Dementsprechend gelang es ihm auch, den Volvo bald einzuholen. Der war nur sehr gemächlich unterwegs, weil einer der Fahrgäste nicht gewohnt war, im Auto zu fahren.

Der russische Insasse des Volvos erkannte als Erster, dass sie verfolgt wurden. Das erinnerte ihn sofort an einen Sondereinsatz, den er als wissenschaftliches Begleitcorps in Nordkorea vor Jahren gemacht hatte. An dieser Stelle durfte er aber nicht weitererzählen, weil der Pathologe ihn um eine Einschätzung der aktuellen Situation bat.

„Erstens: Gib Gas, lieber Freund. Zweitens: Charly, klettere du in Kofferraum. Öffne Kiste und nimm braunen Ledersack aus Kiste", waren Dimitris Worte.

Charly Weger tat, wie ihm befohlen, obwohl es schwierig war bei den Kurven und einem Fahrer, der Dimitris Anweisung sehr ernst nahm. Als er wieder mit dem Ledersack auf dem Rücksitz saß, sagte ihm Dimitri, er solle das Fenster öffnen und den Inhalt des Sacks auf die Straße schütten. „Du fährst bitte geschlangelt!", wies er den Pathologen an.

Kaum geschehen, knallte und quietschte der Wagen hinter ihnen, nach der Begegnung mit zwei Dutzend Krähenfüßen, und blieb stehen. Das amüsierte Charly sehr, Dimitri ebenso, ein wenig sogar den Pathologen, aber nicht den Gletschermann. Der war kreidebleich, starrte stur nach vorne und hatte Schluckauf. Der Pathologe sah das im Rückspiegel, bog bei der nächsten Gelegenheit in einen Feldweg ab und blieb in einer Apfelwiese stehen. Ötzi stieg aus und musste sich wieder von großen Teilen des Frühstücks trennen. Als es ihm besser ging, sah er in gebückter Haltung direkt vor ihm einen Apfel am Baum. Und noch einen, und noch einen …

3 Der Apfel der Erkenntnis

So weit das Auge reichte, nur Äpfel. Ötzi war begeistert und stark inspiriert. Zwar stammte die Geschichte mit dem Apfel und dem Paradies aus einer Aufschreibung, die kaum halb so alt war wie er selbst, aber trotzdem kam ihm das alles paradiesisch vor. Vielleicht etwas zu aufgeräumt und linear diese Bäume.

Auf jeden Fall machte das Ganze neugierig. Er vergaß komplett seine Freunde und spazierte tief hinein in die Wiese, bis er auf die ersten Menschen traf. Die waren gerade mitten in der Ernte. Beim Ersten, dem er sich näherte, blieb das Gespräch nur bei der Begrüßung, da der osteuropäische Saisonarbeiter auf Deutsch nur ja oder nein sagen konnte. Der Eismann erregte nun die Aufmerksamkeit des jungen Apfelbauern, der ihn in der ortsüblichen direkten Art nach seinem Befinden und seiner Mission fragte: „Was will denn der?“ Neben der dialektalen Phonetik war die Verwendung der dritten Person die übliche Distanzierung. So als wolle man sofort signalisieren, dass der Angesprochene nicht Teil des hiesigen Kulturkreises sei.

Der Jahrtausende währende Erfahrungsschatz des Mannes aus dem Eis und ebendiese Herkunft ließen ihn aber kühl bleiben. „Griasti“, sagte er mit seinem warmen, offenen Timbre in der Stimme. Als der Bauer das hörte, hatte er sofort ein beeindruckendes Déjà-vu-Erlebnis. Die Art der Begrüßung war jene seines Großvaters aus einer Zeit, als das Leben auf seinem Hof noch sehr vielfältig war, die Apfelernte ein angenehmes Ereignis, das an einem Nachmittag im Kreise der Großfamilie erledigt wurde. Da gab es Tiere, die in den Wiesen weideten. Man hatte am Hof alles, was man im Laufe des

Jahres brauchte. Das Leben war so abwechslungsreich damals … ja reich an … reich eben.

Der Jungbauer begrüßte den Besucher, als ob er ihn schon immer gekannt hätte. Er streckte ihm die Hand hin. Ötzi drückte sie aber nicht, sondern nahm sie mit beiden Händen entgegen, drehte sie um und musterte die Handinnenfläche ganz genau, so wie es Wahrsagerinnen tun. Er sagte zum Bauern: „Arbeitest viel. Alle deine Äpfel und dein Stamm?" Dabei deutete er auf die Bäume und seine Saisonarbeiter.

Der Landwirt bejahte und gab Auskunft über seine genauen Besitzverhältnisse sowie den Bepflanzungsstand. Der Eismann schaute ihn entgeistert an: „Was machst du mit so vielen Äpfeln? Das schaffst du dein Leben lang nicht zu essen. Auch wenn dir der ganze Stamm hilft."

Der Bauer lachte: „Ja, da hast du recht. Und dann wachsen jedes Jahr so viel."

Nun war der Gletschermann völlig verwundert. Er wiederholte die Frage nach dem Verwendungszweck all der Äpfel. „Wir verkaufen sie natürlich. In der ganzen Welt", antwortete der Landwirt etwas irritiert über die Weltfremdheit des so sympathischen Mannes, der doch so unfassbar viel Weisheit ausstrahlte.

„Verkaufen heißt", sagte Ötzi, „ihr bekommt dieses … Wie nennt ihr es?"

„Geld", lachte der Bauer verlegen.

„Ja, Geld. Ich kenne es. Es kann warmhalten", erklärte der Eismann.

Der Apfelbauer grinste.

„Es muss viel Geld sein für viele Äpfel", bemerkte Ötzi.

Der Bauer begann ein Lamento darüber, dass das schon mal viel besser gewesen sei und die Ernte jedes Jahr viel Risiko mit sich bringe. Dann diese Steuern, der Arbeitsschutz, die Bürokratie für die Saisonarbeiter, die jedes Jahr komplizierter wurde, und überhaupt die Sache mit den Pestiziden. Keiner kenne sich mehr aus.

Der Gletschermann verstand nicht. Er reduzierte sich aber mit seinem Uralt-Wesen auf eine zentrale Erkenntnis: „Macht dich nicht glücklich, das viele Geld. Bringt viel Probleme."

Der Bauer wurde still. Traurig still. Der Mann aus dem Eis war zwar deutlich kleiner, nahm ihn aber in den Arm und drückte ihn.

In der Zwischenzeit wurden drei Herren in einem Volvo am Straßenrand leicht nervös. Der vierte Insasse war noch nicht zurück von seinem Reha-Spaziergang. Die Nervosität verstärkte sich durch das Auto, das nun neben ihnen parkte.

Ein Mann mit Kamera und österreichischem Akzent fragte, ob sein Wagen störe. Der Pathologe und der Russe zuckten nur unbeteiligt mit den Schultern. Charly Weger sagte: „Autos stören nicht. Wenn, dann nur die unsachgemäße Verwendung. Aber bald wird der Mensch das Auto nicht mehr brauchen."

Der Pathologe und Dimitri sahen ihn mit großen Augen an. Dann grinsten sie und flüsterten etwas von seiner ersten Publikation: eine spiritualistische Straßenverkehrsordnung für ein besseres Miteinander unter den Menschen und die gemeinsame Verantwortung über die Schöpfung. Beide begannen zu kichern wie Pubertierende. Trotzdem hörten auch sie dem Mann mit der Kamera zu. Er erzählte Charly Weger etwas von den Monokulturen, die überall in Europa auf dem Vormarsch seien, und von einem unbeugsamen Landstrich, der sich dagegen auflehne. Ein Wunder. Partizipation als Rezept gegen Pestizide. Der Pathologe schaute Dimitri an.

Dimitri schaute den Pathologen an. Dieser fragte: „Warum ziehen wir all diese Menschen eigenartigen Schlages an?"

Für den russischen Molekularbiologen gab es für das Phänomen eine wissenschaftliche Erklärung: Das liege im feinstofflichen Bereich, meinte er und grinste stark. Ebenso hatte er die Lösung parat. Um zwischenmolekulare Kräfte zu trennen, müsse man kinetische Energie aufwenden. Die müsse schlicht höher sein als die Kräfte, die sie zusammenhält. „Soll ich mal kinetisch werden?", fragte er den Pathologen. Der winkte ab und meinte, es sei besser, den Eismann zu suchen. Dimitri gab ihm recht. Als sie losmarschierten, folgten ihnen aber auch Charly Weger und die nervige Plaudertasche.

Mitten in der Apfelwiese angekommen, sahen sie, wie der Eismann gerade in eine große Erntekiste stieg und den Bauer anwies, mit dem Stapler die Kiste in die Höhe zu heben. Als der Gletschermann in rund drei Metern Höhe war, stellte der Bauer den Motor ab. Der Mann aus dem Eis begann zu den anwesenden Bauern und Saisonkräften zu sprechen. Es waren sehr viele aus den angrenzenden Gütern zusammengerufen worden.

Ötzi sprach von der Erde und deren Früchten, nicht ohne einen langen Diskurs über die Früchte der Arbeit und über das Proletariat. Teile der Rede hielt er dieses Mal sogar auf Russisch. Sehr zur Freude der anwesenden osteuropäischen Erntehelfer und zur Verwunderung des Pathologen. Dimitri war gerührt: „Er mag mich gern."

Die Zuhörer tobten vor Begeisterung, holten Ötzi von seiner Apfelproduktions-Kanzel herunter und trugen ihn durch das Obstgut. Es dauerte zwei Stunden, bis ihm alle gratuliert, die Hände geschüttelt und gedankt hatten. Der Bauer sah sich nach Ötzis Rede einigen Spontankündigungen ausgesetzt und einer massiven Forderung nach höherem Stundenlohn, kürzerer Arbeitszeit, besserer Verpflegung und angemessenen Unterkünften.

Die Rede war von dem Mann mit der Kamera mitgedreht worden. Er war auch derjenige gewesen, der die Ausführungen mit dem stärksten Applaus versah. Einen Tag später schnellten die Klickraten zum #FIREMAN wieder in astronomische Höhen.

Die Vierergruppe konnte, nach all dem Tumult, endlich ihre Reise fortsetzen. Nicht ohne vorher mit Mühe und Not den Mann mit der Kamera abzuschütteln. Dazu setzte Dimitri etwas kinetische Energie ein. Schließlich glaubte er nicht an Wunder, die er nicht selbst organisierte.

4 Die nationalen Interessen

Es hätte ein Routinefall werden können. Unbekannte Täter, wahrscheinlich ausländischer Herkunft, kaum verwertbare Spuren, ein sauberer Abschlussbericht und ein Fall mehr in der Statistik zugunsten ungeklärter Fälle.

Und jetzt das. Amerikaner, die eine Mumie aus einem Museum mitnahmen. Vor den Augen der halben Stadt. In einem Container, der das Logo des Sponsors offen trug. Zufällig eines der, wenn nicht sogar das größte Unternehmen des Planeten. Und das alles genau in ihrem Zuständigkeitsbereich. Valeria Gambalunga, die Kommissarin, die das Eigentumsdelikt zu den Beifunden und Imitaten des Gletschermannes aufzuklären hatte, stand an der Schwelle einer globalen Affäre, wenn sie nicht aufpasste. Also doch einfach geheimhalten? Wenn aber das Ganze trotzdem ans Licht käme? Und man erführe, dass sie schon länger davon gewusst hatte? Dann könne sie den Job an den Nagel hängen. Definitiv. Am Morgen nach einer erneut schlaflosen Nacht entschied Commissaria Gambalunga, den Quästor einzuweihen.

Da saß sie nun in dessen Vorzimmer und zuckte. Abwechselnd mit dem rechten Fuß, dann mit den Fingern und dann rhythmisch mit den Augenbrauen. Nachdem sie in das Büro vorgelassen worden war, erzählte die Commissaria die Ereignisse der Reihe nach. Sie versuchte, ganz ruhig und sachlich zu bleiben. Der Quästor seinerseits untersuchte daraufhin ihre Pupillen. Dank seiner Dienstjahre bei der Drogenfahndung fand er sich kompetent genug, um die Commissaria als frei vom Einfluss von Halluzinogenen einzustufen.

Diese Variante wäre ihm lieber gewesen, dachte er, als er anschließend mit ihr in Richtung des Palastes des Regierungskommissars fuhr. Eine drogensüchtige Kommissarin hätte zwar einen Tag lang für mediale Aufmerksamkeit gesorgt, aber dann wäre die Sache durch gewesen. Hier wusste er weder, was er von der Sache halten solle, noch, was da alles auf ihn zukommen würde. Eines wusste er aber: Diese Sache war mehr als heikel.

Derselben Meinung war auch der Regierungskommissär, der oberste Vertreter der italienischen Regierung in der Provinz. Seine Aufgaben bestanden eigentlich im Normalfall darin, den Staat bei offiziellen Anlässen in der kleinen Provinz zu vertreten. Nun wollte man seine Meinung zum Fall des dreisten Diebstahls einer bronzezeitlichen Mumie. Stattdessen gab es aber nur ratloses Stirnrunzeln und die Anweisung an die Vorzimmerdame, den Herrn Minister oder seinen Sekretär ans Telefon zu bekommen. Eine knappe Viertelstunde später wurde ihr Vorhaben von Erfolg gekrönt. Allerdings war nur der Sekretär erreichbar. Dieser bestand wiederum darauf, dass umgehend ein umfassender Bericht erstellt und an das Dipartimento delle informazioni per la sicurezza gesandt werden solle. Das war jene Abteilung, die dem Ministerpräsidenten direkt unterstellt war und dem parlamentarischen Kontrollgremium für die Sicherheit der Republik Rechenschaft ablegen musste. Die Abteilung koordinierte auch den Auslandsnachrichtendienst AISE und den Inlandsnachrichtendienst AISI.

Der Sekretär werde sich persönlich darum bemühen, dass der Minister den Bericht umgehend erhalte, um dann seinerseits den Ministerpräsidenten zu unterrichten. Schließlich stehe dieser kurz vor der Abreise in die USA. Samt Treffen mit dem Präsidenten.

Bevor sich der persönliche Sekretär des Ministers verabschiedete, richtete er noch mal das Wort direkt an Commissaria Gambalunga: Er wollte wissen, ob sie sicher sei, dass auf den Containern das Logo der Suchmaschine gewesen sei.

Dies sei verifiziert. Er könne auch Fotos erhalten, bemerkte die Commissaria, so als wolle sie ihm sagen: Ich bin doch nicht blöd. Der Regierungskommissär legte auf und versuchte die Stimmung mit einem spontanen, aber unglücklichen Wortspiel etwas zu entkrampfen: „In welchen Zeiten leben wir, in denen eine Suchmaschine ein Weltkulturgut verschwinden lässt."

Der Regierungskommissär gab dem Quästor und der Commissaria die Anweisung, mit niemandem über den Fall zu sprechen, nicht bevor weitere Anweisungen aus Rom kommen würden.

„Was tun wir mit den beiden Zivilpersonen mit Kenntnis der Sachlage?", fragte der Quästor.

Der Regierungskommissär hob die Schultern und meinte dann lapidar: „Observieren, fürs Erste."

5 Die Sektenfrage

„Du bist also vor dem Hotel gestanden und hast sie beobachtet, ja?", fragte der Journalist zum dritten Mal. Walter Baumeister, der noch sehr mitgenommen war, nickte stark.

„Und dann hast du dich genähert", der Journalist brauchte die Wiederholung, um sich die Begegnung visuell vorzustellen. Baumeister nickte weiter. „Jetzt bitte erinnere dich ganz genau, was du gesagt hast und was Weger geantwortet hat."

Walter Baumeister begann, langsam alles zu wiederholen, was beim Zusammentreffen mit Charly Weger gesagt worden war. Der Journalist schrieb mit. Als Baumeister fertig war, kreiste der Journalist auf dem Blatt einige Wörter ein: Freunde, Schlaf, geweckt, wunderbare Reise, Welt verändern, anschließen.

„Hat er sicher ‚aus dem Schlaf geweckt' gesagt?", wollte der Aufdecker wissen. Walter Baumeister schloss die Augen und ließ den inneren Film noch mal ablaufen.

„Nein!", rief er plötzlich. „Er hat ‚erweckt' gesagt."

Nun drehte sich der Journalist zu seinem Computer, tippte „erweckt" und „Sekte" in die Suchmaschine und saß mit offenem Mund vor den Ergebnissen. Walter Baumeister rückte mit seinem Stuhl näher. Sie lasen vom ersten *Great Awakening* in den USA um 1730. Von Predigern, die die Menschen in Massen anzogen. Rund siebzig Jahre später war es dann zum zweiten *Great Awakening* in Kentucky gekommen, wo sich bis zu 25.000 Menschen versammelten und es zahlreiche Manifestationen des Heiligen Geistes gab: Umfallen, Zittern, Bellen wie Hunde, Trancen, heiliges Lachen, wilde Tänze wie bei König David. Walter Baumeister schüttelte sich, als hätte er von einer Speise gekostet, die ihn vor Grauen erzittern ließ.

Zu dieser Begeisterung der Massen passten auch die Videos des #FIREMAN, die sie sich auf Youtube ansahen. Auch wenn der Journalist den Mann unglaublich sympathisch und voller positiver Ausstrahlung in Erinnerung hatte, als er Walter Baumeister davon erzählte, musterte der ihn streng und sprach: „Denn der Satan selbst nimmt die Gestalt eines Engels des Lichts an. Zweiter Brief an die Korinther, Kapitel 11,14."

Der Journalist versuchte, die Aufmerksamkeit auf eine andere Sachlage zu lenken: „Was macht der Pathologe da mit diesem finnischen Guru? Und was hat das mit den Ereignissen im Archäologiemuseum zu tun?"

Darauf wusste der bibelfeste Stadtpolizist im Rang eines Leutnants, trotz aller Besorgnis um die Wandlung seines Kollegen Charly Weger, beim besten Willen keine Antwort. Da halfen auch das viele Beten in den letzten Tagen mit seiner Frau und die mehrmaligen Treffen mit seinem Schwager, dem Sektenbeauftragten, nichts.

Die grundsätzlich eher kirchenkritische Haltung des Journalisten und sein Hang zu praktischen Lösungen in einem aufgeräumten Weltbild brachten ihn schließlich auf eine vorläufige Ermittlungsthese: Das Kupferbeil musste für diese neue Erweckungsbewegung eine Art Kultobjekt darstellen. Ja, so musste es wohl sein. Alles andere hatte wenig Sinn. Ein Termin mit der Direktorin des Museums musste her.

Der Journalist beschloss, die Überrumpelungstaktik anzuwenden. Dabei tauchte er bei der zu befragenden Person einfach so auf, ohne Terminvereinbarung. Das machte die Befragten spontaner, da sie sich nicht jede Menge Ausreden oder sonstige Zerstreuungsstrategien ausdenken konnten. Der Journalist hatte Glück, Frau Direktorin war anwesend und sogar willens, den Journalisten zu empfangen. Denn, so glaubte sie, man sollte ja wissen, was die Presse weiß, um notwendigerweise einschreiten zu können.

Da beide Gesprächspartner dieselbe Taktik des Aushorchens, Köderlegens mittels Andeutungen und des Fährtenlesens anwandten, kam das Gespräch kaum über das gewohnte initiale Socializing hinaus. Es war schließlich der Journalist, der das Gespräch auf den Pathologen lenkte. Ob sie noch Kontakt habe zum pensionierten Leibarzt der Gletscherleiche, wollte er wissen.

„Nur sehr sporadisch", war die schnelle Antwort der Frau Direktorin, die dabei ihre Fingernägel kontrollierte.

Frauen, die ihre Fingernägel ansehen, während sie was sagen, lügen dabei meist, sagte dem Journalisten seine jahrzehntelange Erfahrung. „Und waren Sie in letzter Zeit mal sporadisch?", fragte der Medienmann und verbreiterte seinen Bart durch ein Grinsen, dem er selbst die Schlagzeile geben würde: „Erwischt! So lügen Frauen!"

„Ja … ich habe ihn getroffen. Er war hier bei mir. Hat sich nach dem Befinden seiner Gletscherleiche erkundigt. Die zwei sind ja so was wie Freunde." Frau Direktorin war mit ihren Worten sehr vornehm professionell. Da sie das sogar selbst bemerkte, wagte sie einen kleinen Gegenangriff.: „Warum interessiert Sie der alte Pathologe?"

„Na ja …" Der Journalist wand sich um eine Antwort, weil er weder seine offenen Fragen kundtun noch seine Thesen verraten wollte. Er kam zu keinem besseren Schluss, als Frau Direktorin zu sagen, was er wusste. Der am Tag des Einbruchs verschwundene Stadtpolizist Charly Weger sei nun wieder aufgetaucht als Jünger. Auch der Pathologe scheine nun Jünger zu sein. Hinzu komme ein taubstummer schwedischer

Pathologenkollege mit einem finnischen Nuklearmediziner, der, so wie es scheine, der Sektenführer sei. Und alle seien auf einer Art Missionierungstour durchs Land.

„Das sind aber viele", sagte die Direktorin des Archäologiemuseums und verstand eigentlich gar nichts mehr. Vor allem nicht den Konnex zum Einbruch.

Im Gebäude gegenüber saßen, in einer kurzfristig vom Quästor beschlagnahmten Wohnung, fünf Herren mit sehr viel Technik und Elektronik, sehr konzentriert auf den Gesprächsverlauf. Aber auch sie wussten nicht, wie sie diese Informationen verwerten sollten. Da Frau Direktorin keine Erklärung für den spirituellen Seelenzustand des Pathologen hatte, blieb dem Journalisten nur mehr eine Frage übrig: „Kennen Sie Sekten, bei denen prähistorische Waffen als Kultobjekte verehrt werden?"

Frau Direktorin kannte keine. Also verabschiedete sich der Journalist. Kurz bevor er das Museum verließ, fragte sie ihn, wo sie diese Videos vom Guru finden könne.

„#FIREMAN ist der Hashtag", sagte der Journalist.

Frau Direktorin ging zurück in ihr Büro und betrachtete die Clips auf ihrem Tablet. Dann hatte sie ein eigenartiges Gefühl bei einer Nahaufnahme des finnischen Sektengurus. Sie ging hinunter in den großen Ausstellungsraum, betrachtete die Latexfigur, welche den Gletschermann darstellte, und bekam eine Gänsehaut. Die Ähnlichkeit war verblüffend. Frau Direktorin wusste aber nicht, was sie damit anfangen sollte.

Kurz darauf klingelte das Telefon bei Commissaria Gambalunga. Es waren die Kollegen vom Inlandsnachrichtendienst, die mit der Observation der zivilen Geheimnisträgerin Codename *Macchia* beauftragt waren. Sie teilten der Commissaria mit, dass die Zielperson mit einem Journalisten Kontakt hätte, der über eine Sekte recherchiere. Ebenso habe der Journalist sich über den zivilen Geheimnisträger Codename *Giardiniere* erkundigt.

Die Commissaria bedankte sich für die Information und rief ihrerseits umgehend den Quästor an. Der wollte über alle Entwicklungen im Fall Bescheid wissen.

„Wo steckt der andere, der Pathologe, überhaupt? Haben Sie Informationen vom zweiten Observierungsteam?“, waren die einzigen Fragen, die der Quästor der Commissaria stellte.

Das zweite Observierungsteam war seit einigen Stunden unauffindbar.

6 Die kleine Verfolgung

Nach den Ereignissen in der Apfelplantage waren der Pathologe und sein Tross nicht mehr allzu weit gefahren. Sie nächtigten in einer Frühstückspension, die dem Pathologen wie eine Zeitreise in seine Jugend vorkam: aus dem Ende der sechziger, Anfang der siebziger Jahre, komplett original konserviert.

Die vier Herren waren zunächst die einzigen Gäste, etwas später checkten noch zwei Wagen mit ehemaligen osteuropäischen Erntehelfern ein. Diese folgten einer politischen Lichtgestalt, ohne eine genaue Vorstellung ihrer Zukunft zu haben. Gleich danach fuhr noch ein britischer Herr mit einem Bentley vor, der dermaßen füllig war, dass die Gastgeberin sich um die Stabilität der Zimmermöbel sorgte. Überhaupt machte er ihr nicht den Eindruck eines Gastes, der in diese kleine und preisgünstige Unterkunft passte.

Dimitri wachte am nächsten Morgen sehr früh auf und stellte sich auf den Balkon des Zimmers, um die frische Morgenluft zu genießen. Trotz der niedrigen Temperaturen stand er in Unterhosen da. Einen Steinwurf entfernt parkte ein Fiat-Lieferwagen, aus dem Dimitri die Linse eines Teleobjektivs in der Morgensonne blinken sah. Zu diesem Zeitpunkt hatte das Observierungsteam bereits eine hochauflösende Aufnahme von Dimitri und seinem Skorpion-Tattoo samt Kreuz und Kompanie-Abkürzung. Damit war es für die Fahnder ein Leichtes, ihn als ehemaliges Mitglied der russischen Armee zu identifizieren. Was aber nicht mit dem schwedischen Pass übereinstimmte, mit dem er vor zwei Tagen im Wellnesshotel eingecheckt hatte. Dimitri ließ sich nichts anmerken. Seine Beobachter sollten nicht wissen, dass er sie entdeckt hatte. Er ging zurück ins Zimmer und stellte laut Musik an. Das weckte den Pathologen auf, dem er ins Ohr flüsterte: „Es ist nötig, Lagebesprechung zu machen."

„Können wir das nicht beim Frühstück tun?", sagte ein schlaftrunkener Leichenbeschauer im Ruhestand.

„Nein", war die Antwort von Dimitri. „Wir werden observiert. Das ist nicht Polizei. Spure ich."

Der Pathologe setzte sich mit einem schnellen Ruck auf und fragte nach den Optionen, die sie hätten. Dimitri wies ihn an, so zu tun, als ob alles ganz normal wäre. Er selbst werde mit den Erntehelfern die Sache erledigen.

„Wie erledigen?", wollte der Pathologe wissen. Dimitri musste ihm versprechen, dass es kein Blutvergießen geben würde.

Der russische Molekularbiologe stimmte zu, auch wenn er betonte, dass die Herren trotzdem von ihrem Job abgehalten werden müssten.

Während sich der Pathologe mit Charly Weger und dem Mann aus dem Eis beim Frühstück über Belangloses unterhielt, näherte sich Dimitri zwei Erntehelfern. Bei den beiden hatte er bereits am Vorabend ein kleines Stern-Tattoo am Handrücken entdeckt. Das bedeutete: Sie hatten gedient. Beide waren Ukrainer, aber die gemeinsame Faszination für den Gletschermann ließ sie die aktuellen heimatlichen Konflikte vergessen.

Dimitri war klar, dass die Jungs draußen im Lieferwagen maximal vom Innennachrichtendienst waren. Also konnten sie ruhigen Gewissens auf Russisch Pläne schmieden. Allerdings hatte er nicht daran gedacht, dass auch der Eismann diese Sprache verstand. Dieser bestand nun darauf, am Tisch des Pathologen ab sofort wieder seine Waffen tragen zu dürfen.

Einige Minuten später betrat der schwergewichtige Brite den Frühstücksraum und machte zunächst dem Eismann seine Aufwartung. Charly grinste höchst vergnügt, weil er sich an den gemeinsamen Nackt-Trubel mit Freude erinnerte.

Die Erntehelfer begannen wie auf Kommando aus voller Kehle zu singen und mit ihren Tassen auf die Tische zu klopfen. Draußen im Lieferwagen rissen sich zwei Agenten zur selben Zeit die Kopfhörer herunter. Dimitri nahm den Engländer zur Seite und erklärte ihm etwas, das der Pathologe aus drei Metern Entfernung nicht verstehen konnte, er sah nur, wie sie sich über etwas amüsierten.

Nach dem Frühstück herrschte in der kleinen Pension rege Geschäftigkeit. Alle Gäste packten ihre Sachen. Dimitri kramte in seiner Metallkiste und verteilte irgendwelche Gegenstände an ehemalige Erntehelfer, die auf spiritueller politischer Neuorientierung waren. Sie kramten ebenso in ihren Erinnerungen an längst vergangene Spezialeinsätze.

Der Pathologe hatte von seinem russischen Rentnerkollegen nur einen kleinen Auftrag erhalten: Er sollte den Mann der Gastgeberin bitten, seinen Traktor auf die Straße zu stellen, einige Meter hinter dem Lieferwagen, was der Hausherr prompt erledigte.

Als alle Gäste des Hauses sich wie zufällig beim Begleichen der Rechnungen wieder im Aufenthaltsraum trafen, grinsten einige von ihnen erwartungsvoll hämisch. Dimitri gab sich äußerst gebildet und sagte zum Briten, der barfuß im Morgenmantel dastand: „Go ahead, Sir, please!"

Draußen im Lieferwagen sagte einer der Agenten: „Attenzione, Personen kommen heraus." Zu sehen bekamen die Herren auf der Lauer einen äußerst fülligen, unbekleideten Briten nobler Abstammung, der das Haus verließ. Die Beamten sahen sich verstört an. Der Dicke näherte sich dem Wagen. Er lehnte sich an der Fahrerseite an den Rückspiegel. So sehr, dass er abbrach. Hinten im Lieferwagen fragte einer der Männer den anscheinend Kommandierenden: „Einschreiten?"

„Nein, keine Zielperson", antwortete der Einsatzleiter.

Der Engländer hob den Rückspiegel auf, klemmte ihn unter den Scheibenwischer. Da der Spiegel zu schwer war, bog er den Scheibenwischer zurecht. Dann stellte er sich drei Meter vor dem Wagen auf, betrachtete das Auto und entdeckte eine Asymmetrie. Durch die getönten Scheiben starrten ihn die Agenten an. Dann ging er zur Seite mit dem intakten Rückspiegel und riss auch diesen ab. Wieder wurde der Einsatzleiter um Erlaubnis zum Einschreiten gefragt. „Negativ", war die Antwort.

Nach dieser Aktion stellte sich das nackte Schwergewicht wieder vor den Wagen. Er begann auf Italienisch mit starkem britischem Akzent über den Lieferwagen zu schwärmen. So hörte es sich jedenfalls für die Insassen an. Da sie aber allesamt nur sehr technische Ausbildungswege absolviert hatten, erkannte keiner, dass es sich um eine Rezitation aus Shakespeares *Romeo und Julia* handelte. Wann immer der Engländer mit seinen Italienischkenntnissen an seine Grenzen stieß, wechselte er mit Nonchalance ins Englische.

Der bis vor 32 Stunden ganz normale Wellnesstourist der gehobenen Klasse ging voll auf in seiner Rolle als Romeo. Als Julia fungierte ihm der unauffällig weiß lackierte Fiat-Lieferwagen des Inlandsnachrichtendienstes. Er stieg nun auf die vordere Stoßstange und lehnte sich mit seinen gut 120 Kilogramm Lebendgewicht auf die Windschutzscheibe mit breit ausgestreckten Armen. Er küsste seine Julia leidenschaftlich. Sein Zungenkuss hatte die ungeteilte Aufmerksamkeit der Insassen. Nur unterbrochen von abwechselnden Ekelausbrüchen.

Den Höhepunkt dieser Ablenkung hatten zwei ukrainische Ex-Infanteristen geschickt genutzt, um die Karosserie des Lieferwagens genau nach Dimitris Anweisungen, mittels superpotenten Drahtseilen, am Traktor des Gatten der Pensionsbetreiberin zu befestigen.

In der Zwischenzeit war die Windschutzscheibe durch den sich rhythmisch bewegenden Romeo ziemlich vollgesabbert. Die zwei Agenten bekamen endlich das „Go" zum Einschreiten. Sie stiegen aus und versuchten, den liebestollen Briten von der Stoßstange zu bekommen. Jetzt hielt plötzlich mit quietschenden Reifen der Volvo des Pathologen neben dem Lieferwagen. Heraus sprang ein im Tarnanzug gekleideter Mann. Er war ein ehemaliges Mitglied der Roten Armee, der Moskauer Akademie der Wissenschaften, des Instituts für Molekularbiologie, der Expertengruppe zur ewiglichen Wahrung des Antlitzes des großen Revolutionsführers Lenin und zuletzt taubstummer schwedischer Pathologe.

Dimitri, so hieß er für Freunde, packte mit einer fließenden Bewegung den ersten Agenten und beförderte ihn mit einem energischen Schub in den Kofferraum des Volvo Station. Er deckte ihn mit seinem Kollegen, dem zweiten Agenten, zu. Dann schloss er den Kofferraumdeckel und setzte sich in den Wagen, gefolgt vom nackten Engländer. Der Pathologe startete los, als nehme er an einem Autorennen teil.

Die restlichen zwei Agenten im Lieferwagen beobachteten das Ganze verblüfft. Der Einsatzleiter setzte sich ans Steuer und nahm sofort die Verfolgung auf. Genauer gesagt, versuchte er das, denn nur ansatzweise umgesetzt, krachte es fürchterlich. Die List mit den Drahtseilen ging voll auf: Die Zugkraft hatte das Fahrgestell des Lieferwagens von seiner Karosserie getrennt. Genau im Moment des Losfahrens. Jede Menge Geräte, die an der Innenseite der Lieferwagen-Karosserie montiert waren, flogen eher in Richtung Traktor denn in Fahrtrichtung.

Die zwei Beamten saßen nun in der prallen Sonne. Einer am Steuer und der andere hinten, an den Überresten eines PC. Sie schauten beide geringer intelligent aus der Wäsche. Der Blick wurde auch nicht besser, als ein goldfarbener Bentley an ihnen vorbeifuhr. Am Steuer ein bärtiger vormaliger Verkehrspolizist ohne gültigen Führerschein. Hinten auf der Rückbank saß ein weiterer bärtiger Mann mit einer unglaublichen Aura. Er hatte einen primitiven Bogen in der Hand. Er nahm durch das offene Fenster die Reifen ihres Gefährts ohne Karosserie ins Visier. Zwei gezielte Bogenschüsse, und das Fahrgestell stand schräg da aufgrund der Tatsache, dass es nur mehr auf einer Seite Luft in den Rädern hatte. Der eben erlebte Angriff eines Bogenschützen, so stellte sich heraus, sollte das Einzige sein, an das sich die Agenten später erinnern sollten.

Zum Abschluss stürmten noch zwei ehemalige Erntehelfer auf die Männer los, um ihnen die Handys abzunehmen und sie zu zertrümmern. Mit Kabelbindern fixierten sie die Agenten an ihren Handgelenken um den Masten der Straßenbeleuchtung. Im Auftrag des russischen Oberbefehlshabers der Aktion verabreichten sie beiden dann noch eine Spritze.

Gleichzeitig navigierte Dimitri den Pathologen mit dem Volvo zielsicher zu einem Fischteich mitten in den Obstanlagen. Der Pathologe sah Dimitri verwundert an, als wollte er sagen: „Woher wusstest du, dass genau hier ein Teich ist?“

„Googol Maps", sagte Dimitri. Für die zwei zusammengeschnürten Fahrgäste hinten im Kofferraum ein eindeutiger Beweis: Die arbeiten für die Amerikaner.

Dimitri hievte gemeinsam mit dem Pathologen die zwei verdattert dreinschauenden „Gepäckstücke" aus dem Wagen und stellte sie auf die Beine. Der Pathologe führte sie an der Hand auf die Veranda eines kleinen Häuschens, das der örtliche Fischereiverein liebevoll in jahrelangem Einsatz am Tümpel errichtet hatte. Er ging wieder zum Wagen und öffnete die große Metallkiste, in der sich eine Holzkassette befand. Aus ihr nahm er zwei Spritzen und zwei kleine Glasampullen. So ausgerüstet kam er zur Veranda zurück. Dort zog er die zwei Spritzen auf. Der Pathologe wollte natürlich sofort wissen, was er vorhabe.

„Wir mussen wissen, wer uns beobachtet, warum und was er weiß", sagte Dimitri bewusst kühl und mit gespielter Boshaftigkeit in der Stimme, während er die zwei Gefangenen im Augenwinkel beobachtete.

„Ja, wieso fragen wir sie nicht einfach?", meinte dazu der Pathologe. Dimitri lachte schallend: „Sind Profis. Werden nichts sagen!"

Da der Pathologe in dieser Beziehung unerfahrener war als sein russischer Freund, stimmte er seiner Behandlungsmethode schließlich zu, nicht ohne vorher die Dosierung der Spritzen auf die Hälfte zu reduzieren.

Da saßen sie nun, der Pathologe, sein russischer Freund und ein zugelaufener britischer Adeliger, auf der Veranda eines nach moosigem Schlamm riechenden Fischteichs und hörten das Geständnis zweier AISI-Agenten.

Der Pathologe erfuhr seinen Codenamen und dass er ziviler Geheimnisträger sei, der vom Diebstahl der weltbekannten

Mumie durch die Amerikaner wusste. Während die beiden Geständigen wie in einer fiebrigen Trance weitererzählten, fragte Dimitri den Pathologen: „Die Amerikaner haben Leiche geklaut? Und du hast gewusst?"

„Erklär ich dir später", antwortete der Pathologe.

Als die Vernehmer alles wussten, was sie wissen wollten, bereitete Dimitri eine weitere Spritze vor. Und wieder fragte der Pathologe nach den Inhaltsstoffen.

„Amnesiesubstanz, sollen ja vergessen alles", erklärte Dimitri in seiner ureigenen Selbstverständlichkeit. Der Pathologe ließ den Molekularbiologen die Vorbereitung abschließen und reduzierte dann die Dosierung um 75 Prozent.

Sie ließen die Agenten am Fischteich zurück. Der britische Mitwisser bot ihnen an, auch weiterhin helfen zu können, da er in seinem Land sehr hohen Einfluss habe.

„Wenn es nötig ist, kommen wir gerne darauf zurück", bedankte sich der Pathologe.

7 Die politischen Handschläge

Auch Ötzi und Charly Weger waren dankbar in diesem Moment. Sie konnten ungestört über die Götter und die Welten diskutieren. Dabei hatten sie angenehmen Fahrkomfort im Bentley Mulsanne in der 2016er-Ausführung.

Der Eismann hatte noch immer nicht wirklich die Bedeutung seines langen Schlafes begriffen. 5000 war kein Zahlenraum, den man im Neolithikum beherrschte. Trotzdem spürte er, dass sich unsagbar vieles verändert hatte. Aber einige Dinge waren gleich geblieben: Stämme, die sich bekämpften, gab es immer noch. Außerdem schien ihm, dass in der heutigen Zeit sehr viel gleichzeitig geschah, was den einzelnen Dingen aber die Kraft nahm. Damals war man entweder irgendwo gesessen oder man hatte sich fortbewegt oder man hatte mit einem Freund gesprochen. Jetzt saß er, bewegte sich gleichzeitig und rascher fort als jemals zuvor und sprach auch noch mit seinem Freund darüber.

Die Fähigkeit zu spüren, wenn Gefahr drohte, oder auch mitzubekommen, was irgendwo sonst geschah, war ganz normal gewesen in seinem ersten Leben. Der Eismann versuchte es hier in der Gleichzeitigkeit so vieler Dinge erst gar nicht mehr. Zudem kam es ihm vor, als seien mittlerweile so viele Menschen in der Gegend unterwegs, es fiel ihm schwer, sie alle auseinanderzuhalten.

Charly Weger genoss es in vollen Zügen, mit dem Mann aus dem Eis zu philosophieren, brauchte aber doch einen Input, wo es denn hingehen sollte. Den vereinbarten Treffpunkt mit den anderen hatte er vergessen. Überhaupt vergaß er unglaublich viel in letzter Zeit. Seit wann eigentlich? Egal, auch das hatte er wieder vergessen.

„Ich finde die Menschen von heute sehr lustig. Ich kann viel von ihnen lernen“, sagte der Eismann.

„Man müsste in eine große Stadt fahren“, bemerkte Charly Weger. „Ich habe mal in einer gewohnt.“ An den Weg dorthin oder den Namen konnte er sich aber auch nicht mehr erinnern, was keinesfalls belastend für ihn war, sondern eher befreiend. Den Mann aus dem Eis machte es aber von Tag zu Tag mehr traurig, dass er sich so wenig an die Orte seines vorherigen Lebens erinnerte.

Charly Weger war entspannt, und dementsprechend war auch sein Fahrstil: maximale Geschwindigkeit von 35 km/h. Er führte einen kleinen Konvoi von ehemaligen Erntehelfern intuitiv durch die Landschaft. Fuhr mal hier, mal da einen Umweg, ganz dem Gesprächsverlauf angepasst. Es dauerte trotzdem nicht lange und sie erreichten ihr Ziel, ohne es sich als solches gesetzt zu haben.

Während Charly die Luxus-Limousine, gefolgt von zwei alten Ladas, souverän in das Zentrum der Bezirkshauptstadt lenkte, kam gleichzeitig in Washington gerade der italienische Ministerpräsident an und fuhr mit seinem Konvoi in Richtung Weißes Haus.

Auf dem Rathausplatz fuhr Charly Weger dicht an der Musikkapelle vorbei, bis vor eine Eventbühne, wo fast tausend Bürger gebannt starrten, wer denn wohl aus dem Wagen aussteigen würde, zumal der ranghöchste Provinzpolitiker bereits am Rednerpult seine Grußworte sprach. Währenddessen öffneten in Übersee die Herren des Secret Service die Wagentür, in dem der Ministerpräsident saß. Der Präsident der Vereinigten Staaten trat zwischen den monumentalen Säulen hervor und winkte dem Freund, wie er ihn später in der Rede nannte, zu.

Bei der Einweihung des neu gestalteten Rathausplatzes in der Bezirkshauptstadt zeigte sich der Politiker am Rednerpult fast so cool wie sein großes amerikanisches Vorbild. Er begrüßte den Überraschungsgast herzlich. Vielleicht auch darum, weil er zu dem Zeitpunkt noch glaubte, der Bärtige im Bentley sei ein Showact, den man ihm vergessen hatte mitzuteilen. Der italienische Ministerpräsident hüpfte zur gleichen Zeit in Washington vermeintlich locker die Treppe zu den Rednerpulten hoch und streckte dem Präsidenten die rechte Hand entgegen. Wenn man aber über Stufen läuft und dabei die eigene Hand fixiert, stolpert man mit an Sicherheit grenzender Wahrscheinlichkeit. Dem war auch so. Was jedoch das schon ausgereifte Image des Tollpatschs kaum noch verstärken konnte.

Der Mann aus dem Eis lächelte voller Herzlichkeit, weil er sich wirklich über all die Menschen freute, die so friedlich gestimmt schienen. Er winkte allen zu, faltete seine Hände und verneigte sich. Spontaner Applaus brach aus. Ein junges Mitglied der Musikkapelle erkannte ihn auf Anhieb und rief laut: „Das ist der Feuermann!" Noch mehr Applaus auf dem Platz. Der Politiker streckte ihm die Hand entgegen. Ötzi entschied aus Höflichkeit, zu ihm hochzugehen. Auf der Bühne angekommen, fiel der Eismann in eine alte Gewohnheit zurück und griff dem Chef der lokalen Provinzregierung in den Schritt. Das Publikum tobte vor Freude. Der Politiker wurde noch steifer vor Schreck als sonst. Der Eismann stellte sich ans Rednerpult und begann zur Menge zu sprechen.

Die Washingtoner Politikredakteure waren ja so einiges gewöhnt, aber was sie währenddessen im Rosengarten des Weißen Hauses hörten, ließ sie schlicht sprachlos. Mit Ausnahme einer kollektiven Frage: Warum redete der nicht in seiner Sprache, wenn er unsere so schlecht beherrschte? Das Einzige, das sie verstanden, war, dass er etwas mit dem Präsidenten zu klären habe. Etwas, das sich auch die USA in keinem Fall erlauben könne. Der Präsident drehte sich zu seinem Sprecher und ließ ihn von seinen Lippen lesen: „What the f... he's talking about?"

Es, im steinzeitlichen Sinn, war das Thema, über das der Mann aus dem Eis zu diesen Menschen, die ihn so herzlich empfangen hatten, sprechen wollte. „Das, was uns alle umgibt. Das Sein", mit diesem Satz begann er wieder eine sehr berührende Rede, die so anders war als die Politikerreden, Festreden von Vereinsvorständen oder dem, was tagtäglich im Fernsehen auf alle niederprasselte.

Der US-Präsident dankte indessen dem Vorredner und hielt sich mit seinen Grußworten und der traditionellen Einschätzung der politischen Lage in der Herkunftsregion des Staatsgastes auffällig kurz. Ein Zeichen für die anwesenden Journalisten, dass er der Peinlichkeit ein Ende setzen wollte. Nach dem ebenso kurzen Handshake-Foto ließ der US-Präsident die Hand des italienischen Ministerpräsidenten gar nicht mehr los und schob ihn in das Oval Office.

Am Ende von Ötzis Rede war noch 30 Sekunden Stille, bevor ein unglaublicher Jubel losbrach. Der Chef der Provinzregierung stürmte als Erster in seine Richtung, um ihm die Hand zu schütteln und auf die Schulter zu klopfen. Dann kamen vier Männer der Musikkapelle auf die Bühne und nahmen den Eismann, der für alle der Feuermann war, auf die Schulter. Sie trugen ihn durch die Menge, gefolgt von einer Handvoll osteuropäischer Proletarier mit roten Fahnen und den lokalen Nach-68ern mit Wutbürger-Habitus, die mit einigen selbstgemalten Transparenten ausgestattet waren.

Der Provinzregierungschef gab seinem Partikularsekretär den Auftrag, den Feuermann für den kommenden Parteitag zu buchen. Was allerdings zum einen daran scheiterte, dass Ötzi beim besten Willen nicht verstand, wovon der Partikular-Sekretär da sprach, und zum anderen, dass Charly Weger sich nur an so was wie „Streitparteien" erinnern konnte, und das bedeutete nichts Gutes.

Kaum saß der US-Präsident nun mit seinem Gast im Oval Office, drängte der Gastgeber sofort darauf, was der Ministerpräsident mit der Anspielung wohl gemeint habe.

„Wäll äh …", stotterte der Ministerpräsident aus plötzlichem Mutverlust und akuter Dyslexie. „Ju nou. Disse is not werry gudd wenn ju duu sou. Ai dount wanna a long spietsch. Is ewerry sthing kliar. Is it not? Ju nappt deh mammie. Is not possibill … eeh ouh!"

„We've done what, sorry?"

Der erste Mann der größten Weltmacht stand jetzt neben sich, obwohl er saß.

„Ju kidnäppt de mammie."

„The mummy?"

„Jess, de mammie."

Der momentane geistige Orientierungsgrad des Präsidenten verbesserte sich nicht, da dieses Wort im amerikanischen Slang mehrere Bedeutungen vorsah. Da waren einmal die Mutter, ein schlechter Witz, ein Zombie, ein spezieller Joint, ein Gesäßgezwitscher, die Vagina, Fäkalien oder ein Synonym für Afroamerikaner. Nichts davon schien dem Präsidenten aber staatsbesuchstauglich. Also wollte er eine Präzisierung: „Which mummy?"

„Auer mammie."

„Your *mummy*?“
„Not mai mammie.“
„Not yours. Whose mummy then?“
„Itts die oldest mammie. Itts italjahn and juropien.“
Die Verwirrung steigerte sich ins Unermessliche.
„All your mummy?“
„Jesse.“
„And we've kidnapped her?“
„Jess, wie häff a pruuf.“
„You mean …“, nur der erste farbige Präsident der Vereinigten Staaten konnte auf seine ganz spezielle Art zwischen diesen sieben Wörtern so souverän Kunstpausen setzen. „… you can proof that?“
„Jesse.“
„And we did this“, der Präsident blickte den nickenden Italiener an: „How, by the way?“
„Jur pipol didd it witt the sörtschentschin company. Deih came, puttet de mammie in a big box and flow awei.“
„A box?“
„Jesse, a box.“
„A black box?“
„No, weith.“
„Why not a black box?“ Aufgrund der Ausweglosigkeit des Dialogs begann der Präsident sich zu amüsieren.
„Pikoos de sörtschentschin is weith. I tink.“
„The search engine?“
„Jesse, dei häd written on de box deir näim.“
Nun wurde der Präsident doch langsam genervt und entschied, die Sache auf diplomatischer bzw. technischer Ebene klären zu lassen. Er versicherte seinem Gegenüber, dass die größte Demokratie der Welt keine älteren Mütterlein entfüh-

ren würde. Das Missverständnis werde sich mit Gewissheit aufklären lassen.

Die vom Ministerpräsidenten ausgehändigten Untersuchungsunterlagen amüsierten noch tagelang die Beamten des CIA am Kaffeeautomaten, wo diese zur allgemeinen Belustigung angeschlagen waren. Am allermeisten lachen konnten die Damen und Herren über die in phosphorgelb angestrichene Passage mit der These: In den USA arbeite man an Regenerationsmethoden zur Wiederbelebung von Uraltleichen.

Diesseits des Atlantiks in dem kleinen Land, das sich an den Südhang der Alpen kuschelte, waren die Menschen über Ähnliches glücklich, ohne den Zusammenhang zu erkennen.

Unter ihnen war auch ein adretter Endvierziger, der es im größten deutschsprachigen Land zu relativer Bekanntheit brachte, indem er sich spätabends mit Menschen unterhielt. Er hatte bereits die Videos des Feuermanns gesehen und wandte sich mit einer Einladung an den Chauffeur und Manager Charly Weger. Der nahm die Visitenkarte des Moderators gerne entgegen, mit der Feststellung, sein Freund sei oft schon im Fernsehen gewesen, und einmal mehr könne nicht schaden.

Der Eismann fühlte sich mitten unter all den glücklichen Menschen zwar wohl, aber es beschlich ihn immer mehr das Gefühl, dass es an der Zeit sei, sich an die Menschen aus seiner Zeit zu erinnern. Deshalb nahm er Charly zur Seite und fragte ihn, ob er ihn nicht dorthin bringen könne, wo er herkomme. Charly verstand, musste aber bekennen: „Dazu brauchen wir Patho und Dimitri."

8 Der Ursprung

Sie standen jetzt schon seit über drei Stunden am vereinbarten Treffpunkt: der Pathologe, der Molekularbiologe und der britische Tourist mit exhibitionistischen Neigungen.

„Hat Charly uberhaupt Uhr?", durchbrach Dimitri die unerträgliche Stille.

„Der Wagen hat sicher eine", erwiderte der Pathologe. Der Brite nickte zustimmend.

Nach einer weiteren Viertelstunde begannen der Pathologe und Dimitri darüber nachzudenken, wo um Himmels willen man einen Mann aus der Kupferzeit mit gefälschtem finnischen Pass und einen amnesischen Aussteiger wohl finden könne. Der Pathologe kam auf keinen Anhaltspunkt und verstrickte sich zu allem Überfluss in einen Streit mit dem Russen, der auf einem zentralen Vorwurf fußte: Wie kann man einen Plan zum Entkommen von Geheimdienstlern schnüren und dabei den Vergesslichsten als Chauffeur für das wichtigste Gruppenmitglied vorsehen?

Während die beiden Rentnerfreunde immer lauter wurden, unterbrach der Brite vom Rücksitz des Volvos mit einem leisen Sorry. Er schaffte es aber nicht, Aufmerksamkeit zu erlangen. Also wurde er laut und schließlich sehr laut.

Nun horchten sie zu und der Brite konnte ihnen auf seinem Smartphone das neueste Video des #FIREMAN zeigen. Da es erst vor Kurzem online gegangen war, war der Aufenthaltsort der beiden eingegrenzt.

„Siehst du, war wichtig, dass wir Engländer mitgenommen." Dimitri neigte dazu, immer das letzte Wort haben zu wollen.

Charly Weger stand da bei seinem Freund, dem Mann aus dem Eis, der dahin wollte, wo er herkam. Also war der nächste Schritt, jemanden zu fragen, wo das sei. Wohin man fahren solle. Man dürfe nur nicht sagen, dass Ötzi selbst das wissen möchte. Also einfach so tun, als sei man neugierig. So könnte es gelingen.

Und es war tatsächlich nicht so schwer. Gleich der Erste, den er fragte, wusste den Namen des Seitentales und die ungefähre Fahrtrichtung: Es konnte losgehen. So verließen die beiden die Bezirkshauptstadt, nur wenige Minuten, bevor der Pathologe und Dimitri dort eintrafen.

Charly Weger kutschierte den Eismann sicher durch das breite Tal und sagte: „Wir sind jetzt nicht mehr allzu weit entfernt. Erkennst du schon was?"

„Neh", sagte der Eismann und schaute zum Fenster hinaus mit einer Träne im linken Auge.

„Ja, das ist nicht so einfach. Ich kenne das." Da Charly den Gemütszustand des Eismannes verstand, hatte er eine Idee: „Erinnerst du dich an unser Lied?" Und er begann zu singen:

„What did the chicken say on thanksgiving day?
What did the chicken say on thanksgiving day?
The chicken said: Hey! I'm glad I'm not a turkey,
I'm glad I'm not a turkey on thanksgiving day!

What did the rabbit say on thanksgiving day?
What did the rabbit say on thanksgiving day?
The rabbit said: Hey! I'm glad I'm not a turkey,
I'm glad I'm not a turkey on thanksgiving day!"

In der dritten Strophe stieg der Eismann mit leiser Stimme in das Lied ein:

„What did the turkey say on thanksgiving day?
What did the turkey say on thanksgiving day?
The turkey said: Hey! It's bad to be a turkey,
It's bad to be a turkey on thanksgiving day!"

Der Volvo Station mit seinen drei Insassen parkte am Rande des Rathausplatzes und der Brite war sich sicher, dass das Video hier aufgenommen worden war. Die drei schauten sich um und beschlossen dann, den Ort systematisch zu durchkämmen. Der Bentley war ja nicht gerade unauffällig. Drei Stunden später war aber klar: Sie waren nicht mehr an dem Ort.

Charly Weger war unendlich stolz auf sich. Er hatte das Seitental gefunden. Da es aber mittlerweile heftig regnete, beschlossen beide, sich ein Nachtlager zu suchen. Beim nächsten Hobel, oder wie auch immer diese Häuser noch mal hießen, wollte Charly Weger halten. Sie erreichten einen kleinen Ort, der Charly sofort gefiel, weil er da ein unverkennbares Schlafzimmerverleihhaus sah und ein Schild mit der Aufschrift: „25 Jahre Ötzi." Das konnte, so war Charly Weger überzeugt, nur von Ötzis Jahrestag stammen.

„Schau", rief er zu seinem Freund nach hinten: „Die erwarten uns hier schon."

Hier zu warten, dass die zwei wiederkamen, war keine Option für den Pathologen. Dimitri hatte natürlich eine Idee. Er schlug vor, dass der Pathologe sein Handy aktivieren sollte. Dann würde es sicher nur mehr eine Stunde dauern und die

Kollegen vom Geheimdienst würden wieder auftauchen. Die waren doch hoffentlich so professionell an die Sache herangegangen und hatten alle Wagen, die bei der Frühstückspension geparkt hatten, an die Zentrale gemeldet. Die müssten also wissen, wo der Bentley war. Kaum war diese These formuliert, starrte der Pathologe Dimitri mit weit aufgerissenen Augen an. Er begann zu stottern: „Das heißt, die ganze Aktion mit dem Abhängen des Agenten wäre sowieso umsonst gewesen?"

„Kann sein. Weiß nicht. Meinte nur …", verteidigte sich Dimitri.

Der Pathologe bekam einen hochroten Kopf: „Und jetzt haben die beiden den Geheimdienst am Hals und wir sind nicht mal bei ihnen?"

Dimitri hatte sich aber in der Effizienz der italienischen Staatsdiener sehr getäuscht. Solche Umfelderhebungen gehörten nicht zum Standardprozedere des Inlandsnachrichtendienstes. Dort versuchten gerade zwei Agenten, sich unter medizinischer Aufsicht an die Ereignisse zu erinnern. Momentaner Stand war: ein Pfeil-und-Bogen-Angriff eines Elfenzwerges in einer goldenen Kutsche.

Während der Pathologe versuchte, durch gezielte Atemübungen seinen Puls zu senken, fummelte der Brite mit seinen nicht gerade grazilen Fingern am Handy herum. „I think I can help", sagte er schließlich.

„Oh thanks", winkte der Pathologe ab, „nicht noch irgendwas mit Regierung und noch ein Geheimdienst."

„Warum nicht?", meinte Dimitri. „Sind nicht so schlecht die MI 6."

Der Brite beruhigte beide und erklärte, dass er mit seiner Kundendienst-App am Handy eine Wagenortung angefordert habe.

„So was gibt's?", war der Pathologe erstaunt.

„Pai dähm wass deir Auto kostet", sagte der Brite.

Leider war es für diesen Tag schon vorbei mit dem Kundendienst. Nach weiteren erfolglosen zwei Stunden Warten, bis die App sich bewegte, suchten sich die drei ein Zimmer für die Nacht.

Oben im Seitental parkte Charly Weger den Bentley vor dem Hotel. Ötzi stieg aus und entdeckte schräg gegenüber etwas, das seine Neugier weckte. Der lokale Tourismusverband hatte hier am letzten Dorf vor dem Fundort der Gletscherleiche einen Archäologiepark eröffnet. Unter anderem mit einem Nachbau einer kleinen Siedlung aus dem Neolithikum.

Der Mann aus dem Eis näherte sich den Holzhütten. Sein Herz pulsierte stark. Als er am Zaun stand, kamen ganz viele Erinnerungen wie die kalte Luft von oben vom Joch herunter. Es war so, als hörte er seine Gefährtin in der Hütte und das jüngste seiner Kinder. Er stieg über den hohen Zaun. Charly Weger wurde unendlich nervös und folgte ihm.

Ötzi lief zu der ersten Hütte und ging ins Innere. Charly kam ihm nach, hielt jedoch Abstand, weil der Mann aus dem Eis plötzlich wie verändert war. Der Gletschermann sah sich zuerst um in der Hütte. Kniete dann nieder und fing ein langes Jammern an, das nur unterbrochen wurde durch verbittertes Weinen.

Charly Weger fühlte eine nicht enden wollende Ohnmacht und begann ebenfalls zu weinen. Er sehnte sich den Pathologen und Dimitri herbei. Sie wüssten vielleicht, wie man dem Freund helfen konnte. Er fluchte innerlich, dass sie nicht da waren. Während er dem immer erbärmlicheren Eismann zusah, versuchte Charly Weger eine Lösung zu finden.

Ein Problem war, dass es mittlerweile dunkel war und dass der Pathologe und Dimitri sie nicht sehen konnten. Vielleicht könnte Licht helfen? Nein, nicht wenn sie zu weit weg waren. Also musste es etwas sein, das bis in die Ferne reichte. Ja, die Ferne. Wenn man wüsste, in welcher Richtung sie waren. Man müsste in die Ferne sehen können. Fern sehen. Ja, Fernsehen! Wo war dieses Kärtchen mit dem Namen und der Nummer. „Wenn Ötzi ins Fernsehen kommt, sehen ihn auch der Pathologe und Dimitri, dann wissen sie, wo wir sind. Genau so machen wir's. Ich muss bei diesem Moderator anrufen."

Im Eingangsbereich des Archäologieparks war eine Telefonzelle, Charly Weger rief die Nummer des Moderators an. Der war ganz begeistert und sagte, er würde gleich morgen früh einen Wagen schicken. Er lasse noch heute Abend den Flug checken.

Charly verstand den letzten Teil nicht mehr, ging dann aber zu Ötzi und hielt ihn fest umarmt, bis beide in der Hütte einschliefen und erst von der Morgensonne geweckt wurden. Kaum waren sie auf den Beinen, hupte vor dem Park ein Taxi. Ötzi wirkte apathisch, aber Charly gelang es trotzdem, ihn in den Wagen zu bringen. Nach zwei Stunden erreichten sie Innsbruck, von wo aus sie den Flug nach Hamburg nahmen.

„Ausgeflogen", sagte der Pathologe enttäuscht, nachdem sie zwar den Wagen, aber weder Ötzi noch Charly Weger fanden.

„Jetzt ist die Frage, wohin?", seufzte der Pathologe.

„Rauf auf die Joch", war Dimitri überzeugt.

Der Brite hatte schräg gegenüber den Archäologiepark entdeckt und meinte schlicht: „Manchesmal sind Dinge naheliegend."

Einen Versuch schien es wert. Die drei spazierten hinüber und erkundigten sich an der Kasse, ob man zwei bärtige Gestalten gesehen hätte. Tatsächlich: Die Frau an der Kasse hatte am Morgen zwei Bartträger, auf welche die Beschreibung zutraf, in ein Taxi steigen sehen. Der Wagen sei talauswärts gefahren.

„Scheiße", sagte der Pathologe.

„Говнó", sagte der Molekularbiologe.

„Shit", sagte der britische Tourist.

Gemeinsam entschieden die drei, erst mal im Hotel gegenüber einzuchecken. Sie waren nämlich überzeugt, dass Ötzi wieder an den Auffindungsort zurückkehren würde. Früher oder später.

Das tat er auch. Im Spätabendprogramm.

Die Wahrheit

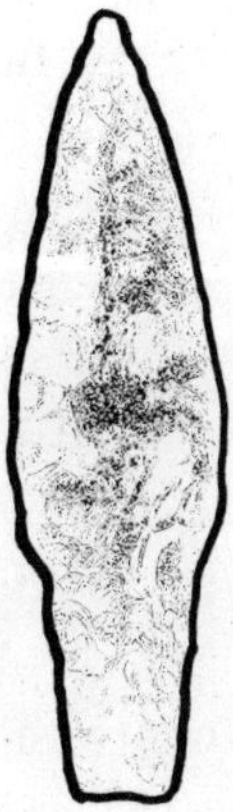

1 Der Medienstar

Der Mann aus dem Eis war völlig durcheinander wegen der Erinnerungen in der Hütte und dann dieser noch größeren Pupsmaschine, mit der man die Berge von oben sehen konnte, obwohl er die meiste Zeit in eine Plastiktüte schaute, die ihm sein Freund Charly Weger vors Gesicht hielt.

Als sie endlich wieder festen Boden unter den Füßen hatten, war der Eismann noch von einem Schwindelgefühl befallen. Das nahm zu, als ihm bewusst wurde, dass er gerade im Bauch eines Eisenvogels war. Jetzt standen sie in einem Nest von solchen Vögeln. Von dort wurden sie mit einem Wagen abgeholt und fuhren durch eine riesige Ansammlung von befeuerten Steinhäusern, die erdrückend auf den Mann aus der Kupferzeit wirkten. Völlig reizüberflutet kam er in Hamburg-Altona an.

Er hatte noch den Geruch von Erbrochenem in der Nase, als eine nette junge Frau ihn mit einem weichen, weißen, nicht kalten Schneeball das Gesicht massierte. Um ihn herum standen jede Menge Leute. Viele trugen oder schoben Gegenstände vor sich her. Dann kam einer, der ihn bat, ihm zu folgen. Er bekam einen Sessel und setzte sich neben die drei anderen hin. Man bot ihm sofort ein Glas Wasser an. Als der freundliche junge Mann, der ihn herbegleitet hatte, ihm seinen Rucksack abnehmen wollte, fauchte ihn der Eismann scharf an.

„Schon gut! Kein Problem“, sagte der inzwischen eingetroffene Moderator. Der smarte Mann begrüßte den Eismann und fragte, ob er nervös sei.

„Nein, traurig“, sagte der Eismann.

Damit hatte der Moderator nicht gerechnet und gab sich geschäftig, huschte noch zu dem einen oder anderen Produktionsassistenten, gab Anweisungen, als ob er hier der Stammesführer wäre.

Wenig später wurde es erst leise in dem großen Raum mit den vielen kleinen Sonnen am schwarzen Himmel. Eine Stimme, die überall zu sein schien, sagte: „Ruhe bitte."

Dann rief die Stimme Menschen im Raum beim Namen, die alle mit Okay antworteten. Die Menschen hießen: Kamera eins, Kamera zwei, Kamera drei und Kamera vier. Nun wandte sich die Stimme aus dem schwarzen Himmel an den Stammesführer und rief ihn beim Vornamen. Der sagte: „Bereit." Dann ging eine furchtbar laute Musik los.

Der Stammesführer sprach in ein Gerät mit drei Beinen und einem großen Glasauge. Er begrüßte die fünf Menschen auf den Stühlen in der Mitte der großen Höhle. Weiter hinten saßen viele Menschen an den Wänden. Die begrüßte der Stammesführer nicht einzeln. Aus Protest klopften sie mit einer Handfläche auf die andere. Alle gleichzeitig. Das gab ein furchtbar unangenehmes Geräusch. Der Eismann zuckte zusammen. Da er nun Angst bekam, öffnete er seinen Rucksack und nahm das Kupferbeil heraus.

Im Hotel in den Alpen donnerte Dimitri mit beiden Fäusten gegen die Tür des Zimmers des Pathologen und schrie: „Wach auf, mach Fernseher an!"

In der Landeshauptstadt saß die Direktorin über ihrer nächsten Publikation zum Forschungsstand der Gletscherleiche. Da sie ein unbeschreibliches Mangelgefühl hatte, kam sie nicht wirklich weiter. Daher lief das Fernsehgerät. Sie ging ganz nah an den Bildschirm heran und erkannte das Kupferbeil.

Auch der Moderator hatte in seinem Heimaturlaub den Diebstahl der Beifunde der Gletscherleiche genau verfolgt und erkannte das Beil auf Anhieb. Im Regieraum schrie eine Regieassistentin: „Sicherheitsdienst! Wenn der jetzt einem Gast den Schädel spaltet?"

„Keine Panik", rief der Regisseur, „das hier wird was Krasses für Youtube oder voll Kacke oder Grimmepreis."

Dann gab er dem Moderator über den Knopf im Ohr das Okay: „Weitermachen, ganz ruhig bleiben, kommt gut."

Der Pathologe rieb sich im Hotelzimmer vor dem Fernsehgerät die Augen und glaubte zu träumen. „Wie kommt der da hin?", war das Einzige, das er zu denken imstande war.

Der Moderator richtete nun das Wort an den Eismann: „Herr … Wie darf ich Sie eigentlich nennen? Fireman oder …?"

„*Luh An* nennen mich Fri vor dem großen Schlaf."

„Okay … Fri: Ist das ihr Volk oben in Finnland?"

„Fri war immer Volk, wie ihr nennt. Wer nicht mehr Fri, muss gehen. Fri ist Freund für euch."

„Ach so, verstehe."

Der Regisseur bat den Moderator, nach dem Beil zu fragen, während die Regieassistentin einen ersten Blick auf das Netzgezwitschere zur Sendung machte:

@Talkshowjunkie schrieb: *gLANZvoller Auftritt. Haut der #FIREMAN jetzt dem Moderator eine mit der Axt runter?*

@lastunikhorn: *#FIREMAN der Typ macht mir Angst. Tut das weg.*

@Oberoberchecker: *@lastunikhorn den #FIREMAN oder das Moderationsdingsbums?*

Der Moderator führte die Regieanweisung aus: „Dieses Beil, das Sie da haben, ist das Ihr Beil? Das sieht nämlich genauso aus wie jenes, das vor einiger Zeit in Südtirol aus dem

Ötzi-Museum gestohlen wurde. Was können Sie uns dazu sagen?“

„Das ist *Luh An* Beil. Ihr nennt *Luh An* Ötzi.“

Es wurde unruhig im Studio, draußen im Netz sogar hektisch. Die Anzahl und Frequenz der Posts nahmen so rasant zu, dass die Regieassistentin nicht mehr zum Lesen kam.

@diesetausendsteffi schrieb: *#FIREMAN VOLL KRASS der Typ glaubt, er ist der Ötzi. Obwohl, wie der aussieht …?*

@ulrichetcetera: *Schlage vor, Hashtag zu wechseln. #ICEMANLIVES statt #FIREMAN, einverstanden? @Ötzimuseum.*

Bei der Direktorin des Archäologiemuseums piepste das Handy permanent. Das brachte sie auf die Idee, die Commissaria anzurufen. Diese setzte sich nun auch vor das Fernsehgerät und wollte wissen, was Frau Direktorin von dem Typ halte.

„Spontan würde ich sagen, er ist es. Obwohl das nicht möglich ist.“

„Moment“, der Moderator versuchte, sich zu fangen: „Heißt das, Sie sind die Person, die wir Ötzi nennen?“

„Ich bin *Luh An* und habe lange geschlafen. Du wolltest Geschichte von Beil. Ich erzähle.“

Der Eismann ließ den Moderator spüren, dass auch er ein Stammesführer war. Und dann erzählte er, wie die Menschen im Tal und auf dem Berg immer bösartiger geworden wären. Mit den Nachbarn, den anderen Siedlungen. Er sei ihr *Mag*, der Oberste, gewesen und habe irgendwie handeln müssen. Er habe Geschichten gehört von Kräutern, die Menschen glücklich und friedlich machten. Die aber weit, sehr weit weg wuchsen. Und es habe keinen Schamanen gegeben, der diese Dinge beherrschte, wie Fri Dimitri. Auch habe er von einem

Volk gehört von dort, wo das große Licht hoch war. Das machte Beil, das unbesiegbar war. *Kap*, Kupfer, war das Material. Damit konnte man alles Böse mäßigen. Also entschied *Luh An*, die weite Reise auf sich zu nehmen. Er war viele Dunkel-Hell-Wechsel unterwegs. Musste Tiere töten, die ihm nicht gut waren. Am schlimmsten waren diese *Spek*, die Schweine mit den großen Zähnen an der Seite ihrer Mäuler. Sie waren in großen Gruppen unterwegs in den Hügeln, kurz vor der Kupferschmelze und den Siedlungen der Waffenbauer. Zu der Zeit, als es langsam kälter wurde, fraßen diese *Spek* am Tag die gärenden Beeren, die sie abends unberechenbar machten. Auf dem Rückweg mit dem Beil war es ja alles nicht mehr schlimm, weil er ihnen einfach zwischen die Augen hackte. Als er zurückkam in sein Dorf, war viel böses *Kru* geschehen. *Luh An* spürte es. Es dauerte wieder einige Hell-Dunkel, bis fast alle wieder akzeptierten, dass er der *Mag* war. Nur einer konnte das nicht. Der war so außer sich, dass er oben in den Bergen sogar die *Tup* … „Wie nennt ihr diese Tiere?"

Der Moderator folgte so gespannt wie alle im Raum und vor den Bildschirmen der Erzählung, dass er nicht merkte, dass der Eismann ihn etwas fragte. Der Mann aus dem Eis sang also kurz eine Strophe von *Shaun das Schaf* vor und schon hatte er den fehlenden Begriff.

Irgendwo in Deutschland ging in dem Moment ein Server mit der Performance so in die Knie, dass der Zwitscherdienst kurzfristig hing. An einem besonders peinlichen Exemplar moderner Hirnblähungen.

@luana97: #ICEMANLIVES ich will ein Kind von dir und wir nennen es ELVISLIVES.

Der Pathologe begann in seinem Hotelzimmer zu beten, was er seit der Firmungsfeier nicht mehr gemacht hatte.

Der Mann aus dem Eis spürte zwar, dass die halbe Welt ihm zuhörte, konnte aber viele der Energien nicht deuten. Also fuhr er mit seiner Erzählung von dem Bösen fort. „Er jagte die Schafe fort!“, sagte *Luh An* sehr bedrohlich und hielt dabei das Beil in die Höhe. Noch immer verspürte er Zorn. Also habe er hinunter ins Tal müssen, um ihn zu bestrafen. Nicht weit vom Fluss habe er etwas gesehen, das sich im niedrigen Grünen bewegte. In den Hecken. Er sei nähergekommen und habe einen großen Schlag auf der rechten Wange gespürt. Sein Beil sei ihm aus der Hand gefallen. *Luh An* kippte um auf den Hinterkopf.

„Mein Gott“, sagte Frau Direktorin in tausend Kilometern Entfernung, „das Hämatom unter dem rechten Auge.“

„Der Böse *An* nahm mein Beil!“, rief der Eismann und fesselte damit wieder alle mit seiner Geschichte. Er habe Angst gehabt, weil das Beil den Besitzer ja unbesiegbar mache. Doch *Luh An* habe Glück gehabt. Sein Gegner sei nicht sehr geschickt mit der Waffe gewesen. Am Flussufer habe er den Hieb abwehren können.

„Die Abwehrverletzung an der rechten Hand …“ Frau Direktorin kommentierte wieder aus der Ferne.

Luh An habe den Angreifer mit der linken Hand zurückgestoßen, während die rechte das Beil festgehalten habe. Der Böse sei rückwärts in den Fluss gefallen.

„Ätsch!", habe er zu dem Bösen gesagt, den der Fluss verschlungen habe.

Der Pathologe sagte zu Dimitri: „Genau so muss es gewesen sein. Er erinnert sich wieder. Der andere muss aber überlebt haben. Die Handverletzung war zwei, drei Tage vorher."

„Das ist die Geschichte vom Beil." Mit diesen Worten sah der Eismann den Moderator an.

„Und woran erinnert sich *Luh An* noch?"

„Zweimal Dunkel, dann bin ich noch mal Schafe suchen. Hinauf. Es hat Schnee vom Himmel geworfen. Ganz plötzlich. Habe aber nur großen Schmerz von hinten gefunden."

Der Moderator sah auf die Studiouhr und moderierte die Werbeunterbrechung an.

Im kleinen Hotel in der Nähe des damaligen Tatorts war drei Herren sofort klar, dass man den Freund aus der Löwengrube da rausholen musste. So schnell wie möglich. Die beiden Rentner aber waren ratlos.

Der Dritte im Bunde zückte sein Handy und dank der Tatsache, dass er aus einer der fünf wohlhabendsten Familien in Großbritannien stammte, war rasch eine Rettungsaktion organisiert: mit Bodyguards, Luxuslimousine, Learjet und allem, was der Brite mit seinem russischen Berater an der Seite in der Kürze der Zeit zusammengebracht hatte. Mit den Details verschonten sie den Pathologen ganz bewusst.

Plötzlich gab es im Studio ein Blackout. Die Notbeleuchtung reichte nur so weit, zu sehen, dass eine Gruppe schwarz bekleideter muskulöser Herren ins Studio stürmte und *Luh An* mitnahm. Ebenso seinen verwirrten Freund hinter der Studiodekoration.

„Schön“, sagte Dimitri, „dass er wieder zu Hause ist.“

„Ist er das?“, antwortete der Pathologe.

„Let us go in together / And still your fingers on your lips, I pray / The time is out of joint“, zitierte der Brite aus Shakespeares *Hamlet*.

2 Die große Verfolgung

Im Hamburger Studio war an diesem Abend nichts wie je zuvor. Die Zuschauer, das Produktionsteam und die anderen Gäste waren unglaublich aufgewühlt. Einmal wegen der starken Präsenz dieses *Luh An* und dann wegen dessen plötzlichen Verschwindens. Im zweiten Teil der Sendung nutzte der Moderator die Betroffenheit der Gäste wegen des Falls *Luh An*. Er bat sie andauernd um ihre Einschätzung, ob es denn wirklich Ötzi gewesen sei, der da neben ihnen gesessen hatte.

Währenddessen nutzte ein Produktionsassistent, der diesen nervigen und stressigen Job nur machte, um sich sein Studium der Genetik zu finanzieren, den allgemeinen Aufruhr, um sich das Glas anzueignen, aus dem der Eismann getrunken hatte. Am Universitäts-Institut erstellte er mit den Speichelresten ein DNA-Profil.

Die Tage nach der Sendung liefen die Medien Amok. Eine Armee an akut berufenen Experten zelebrierte ihre Verbal-Inkontinenz und Meinungs-Diarrhö im fortgeschrittenen Stadium, als seien die Medien ein Abflussrohr. Abstruseste Thesen wurden aufgestellt, von der seit jeher gefälschten Mumie bis zum Sekten-Scharlatan, der den Mut hatte, vor einem Millionenpublikum eine gut inszenierte Show abzuziehen. Die Feuilletonseiten gingen über mit allem Erdenklichen und bisher Undenkbaren. Es gab sogar die Vermutung, man sei einer inszenierten Verschwörung des gewitzten Alpenvölkleins der Südtiroler aufgesessen: samt Diebstahl und grandioser Schauspieleinlage als PR-Trick des Moderators. Die Bischofskonferenz fühlte sich bemüßigt, per Pressekommuniqué den Gläubigen und noch mehr den Ungläubigen den Monopol-Anspruch des Gottessohnes auf die Prozedur der Auferstehung in Erinnerung zu rufen. Hygienebeauftragte aller möglichen Behörden fantasierten über Gefahrensszenarien: Nur einmal angenommen, ein Kupferzeitmensch wäre plötzlich wieder am Leben, nur rein theoretisch, die bakterielle Bedrohung für die Allgemeinheit wäre eine Katastrophe, ein nicht abschätzbares Risiko. Auf allen Kanälen Interviews über Interviews. Auch mit den wiederbelebten Trittbrettfahrern Mahatma Gandhi, Adolf Hitler, Tutanchamun, Mao Zedong und Gestalten, deren Namen auch vor ihrem Tod eine geringe Bedeutung gehabt hatten.

Der Pathologe und Dimitri versuchten mit allen Tricks, den Eismann möglichst abzuschirmen vor all dem Wahnsinn. Seine Stimmung besserte sich aber nicht.

Der Pathologe war besorgt. Er setzte sich mit Dimitri und dem Briten zusammen, um die Lage zu diskutieren. Als vordringlich zu entscheiden war die Frage des künftigen Aufenthaltsortes. Sowohl der Russe als auch der Brite schlugen eine Flucht ins Ausland vor. Dagegen verwehrte sich der Pathologe mit aller Vehemenz. Man könne Ötzi in dem Zustand nur seine gewohnte Umgebung zumuten.

„Ik kennä ein private Chalet nickt weit von hier. Gehört guten Freund“, steuerte der Brite als Option bei.

Die zwei anderen Herren waren einverstanden. Kurz darauf brachen die fünf Gefährten auf.

Es war, als hätten sie es vorhergesehen. Am nächsten Tag schlug eine Nachricht wie eine Bombe ein. Die auflagenstärkste deutsche Zeitung titelte: DER DNA-BEWEIS. DER TALKGAST WAR ÖTZI!

Nun nahm der Medienhype erst richtig Fahrt auf. Helikopter kreisten über der Provinzhauptstadt, Konvois von Übertragungswägen stellten sich in Reih und Glied hinter das Siegesdenkmal unweit des Museums auf. Die Satellitenschüsseln schienen sich gegenseitig zu beschatten, die internationalen Newsnetworks stellten ihre Laufschriften auf „Breaking News: The ICEMAN lives“ um. Die Direktorin wurde belagert von unzähligen Kamerateams und Journalisten.

Im CIA-Hauptquartier wühlten zwölf Beamte im Entsorgungscontainer der Plastik-Kaffeebecher nach den Unterlagen der „napped mummy“. So hieß der Fall intern. Der Druck kam von ganz oben.

Im Weißen Haus war man überzeugt, dass die Russen dahintersteckten, zumal die italienischen Kollegen, die plötzlich einen guten Ruf beim CIA genossen, Indizien dafür hatten. Unlängst waren nämlich die besten vier Agenten des Inlandsnachrichtendienstes, wahrscheinlich von mindestens einer Hundertschaft Elitesoldaten, ausgeschaltet worden. Dabei war russisches Equipment verwendet worden. Nun war ein erster Helikopter mit den besten CIA-Agenten unterwegs. Man wollte dem russischen Präsidenten partout nicht die Hoheit über das Wissen zur menschlichen Regeneration überlassen.

Der Pathologe und Dimitri saßen vor dem TV-Gerät, auf fast allen Kanälen liefen Sondersendungen mit Archiv-Aufnahmen, Ausschnitten aus den Youtube-Videos des FIREMAN und der Talkshow.

Immer wieder dieselben Passagen, mit abwechselnden Statements, dann Studiogäste mit Meinungen und Einschätzungen, die an normalen Tagen schon sinnfrei gewesen wären. Der Pathologe schaltete das Gerät aus. „Was haben wir bloß getan“, sagte er.

„Die Welt verruckt gemacht", sagte Dimitri.

„Nein!", widersprach der Brite, „gezeigt, wie krank sie ist."

Gleichzeitg wurde weltweit über die Frage diskutiert, wer denn diese Wiedergeburt möglich gemacht hätte. Gott sei Dank bezichtigten sich die USA und Russland gegenseitig.

„Wie fruher in Kaltes Krieg", stellte Dimitri fest.

„Apropos kalt. Lasst uns an die frische Luft gehen, da denkt es sich besser", warf der Pathologe ein.

Wirklich kalt erwischt hatte es auch den Aufdeckerjournalisten in diesen Tagen. Da war er doch damals auf der Terrasse des Berggasthauses tatsächlich dem ältesten Menschen, nein, der einzigen lebenden Mumie oder dem ersten Wiedergeborenen überhaupt beziehungsweise mindestens seit 2000 Jahren gegenübergesessen und hatte es nicht gecheckt. Er versuchte, klar zu denken, was aber immer wieder von einem extremen Hang zum Fluchen unterbrochen wurde. Er zog sich am Bart, um wieder die Contenance zurückzuerlangen. Alles schön der Reihe nach. Nein, alles um das Schlüsselereignis herum aufknoten. Das Schlüsselereignis war das Zusammentreffen oben im Berggasthaus. Da waren der Pathologe und der taubstumme schwedische Kollege. Die mussten es gemacht haben! Nicht die Amis oder die Russen. Unser altes Schlitzohr mit seinem schwedischen Freund. Oder sie wussten zumindest, wie das Ganze passiert war. „Okay, als Erstes muss der Pathologe gefunden werden. Dann kann ich die Geschichte exklusiv bringen, wie Ötzi wieder ins Leben gekommen ist."

Fest entschlossen von dieser Mission, machte sich der Journalist auf den Weg zum Berggasthaus. Einige Stunden später war klar, dass sie das Gasthaus nicht erneut als Refugium auserkoren hatten. Wieder dachte der Journalist nach. Er fühlte sich ohnmächtig und allein bei seiner Suche nach der Nadel im Heuhaufen. Wer konnte ihm helfen? Walter Baumeister? Besser nicht. Zu gefährlich.

Er saß noch eine Weile auf der Terrasse, bis ihm die Museumsdirektorin in den Sinn kam. Er fuhr geradewegs zu ihr, musste aber erkennen, dass gut hundert internationale Kollegen exakt dasselbe vorhatten: mit Frau Direktorin zu reden.

Der Journalist nutzte als Komplize die provinzielle Überschaubarkeit. Er wartete einfach vor ihrem privaten Wohnsitz. Erst spät am Abend kam die völlig erschöpfte Frau nach Hause und traute ihren Augen nicht. Jammernd setzte sie sich auf die Treppe neben den wartenden Journalisten mit den Worten: „Das ist jetzt nicht wahr. Ich habe stundenlang mit all Ihren Kollegen hunderttausend Mal dasselbe wiederholt. Ich mag nicht mehr …"

„Verstehe ich", sagte der Journalist verständnisvoll. „Ich werde auch nichts fragen."

„Nein?" Frau Direktorin schaute ihn perplex an.

„Nein." Der Journalist grinste wie ein Puttenengel nach mehreren Jahren Friseur- und Barbierstreik.

„Aha." Die Frau war überrascht und fragte, ob er mit reinkommen wolle. Sie brauche unbedingt einen Drink.

„Klingt gut", meinte der Journalist und schlurfte ihr nach. Frau Direktorin öffnete eine Flasche Lagrein und prostete dem Journalisten zu: „Auf den Wiedergeborenen."

Der Journalist erwiderte den Toast, nahm einen Schluck und sagte: „Ich möchte Sie einladen. Finden Sie mit mir heraus, wie er wiedergeboren wurde."

„Und dann?" Frau Direktorin sah ihn mit einem verlorenen Blick an.

„Dann … dann wissen wir es und können es der Menschheit mitteilen. Sie der Wissenschaft, ich dem Rest“, stotterte der Journalist.

„Genau das sollte die Menschheit nicht wissen. Wenn das Schule macht. Es laufen so schon genug Zombies herum.“

„Aber interessiert es Sie nicht, wie es ihm geht? Was, wenn die Falschen ihn finden? Irgendwelche Wahnsinnigen. Können Sie das verantworten?“

Frau Direktorin nahm einen kräftigen Schluck. „Sie würden ja auch nur das tun, was Ihre Kollegen täten: die Story ausschlachten für den persönlichen Ruhm.“

Jetzt nahm der Journalist einen kräftigen Schluck. „Vielleicht. Klar interessiert mich die Story. Aber man kann sie auch schreiben, ohne ihn an die Wahnsinnigen auszuliefern.“

„Ist ohnehin egal“, resignierte Frau Direktorin. „Wir haben keine Spur. Die Polizei hat ja nicht mal eine.“

„Ich habe eine.“ Wieder machte der Journalist das Engelein. Frau Direktorin bekam große Augen. „Also? Sind Sie dabei?“, wollte der Journalist wissen.

Frau Direktorin stieß noch mal an und sagte: „Nur zum Wohle des Mannes aus dem Eis.“

Vor dem Chalet standen drei Männer und reichten einen Flachmann mit starkem Wodka im Kreis herum. Sie hatten noch keine Idee, wie sie die Welt beruhigen sollten. Und sie heilen – wie der Brite meinte – schon gar nicht.

Dimitri dachte wieder praktisch. Man müsse die Wagen verschwinden lassen. Die könnten sie verraten. Vor allem der eine, den man orten konnte.

„Wie verschwunden lassen?“, fragte der erstaunte Engländer.

„Es ist noch Sprengstoff da“, sagte Dimitri.

„Zu laut“, winkte der Pathologe ab. „Wir müssen damit rechnen, dass hier im Tal die Polizei schon nach Spuren sucht.“

„Dann organisiere ich, dass someone abholt“, schloss der Brite dieses Thema ab. Er hatte Hunger und kam daher zu einer wichtigen Frage: „Wie wollen wir einkaufen fahren. Essen zum Beispiel?“

Dimitri gab Entwarnung. Drüben im Schuppen gab es ein Motorrad.

Frau Direktorin hatte in der Zwischenzeit eine weitere Flasche Lagrein geöffnet, der Journalist hatte ihr sein Geheimnis offenbart. Dass er kurz nach dem Diebstahl im Museum Ötzi mit dem Pathologen und einem Kollegen aus Schweden in besagtem Berggasthaus gesehen habe.

„Der Pathologe ...“, seufzte Frau Direktorin. „Klar, er war jahrzehntelang sein Leibarzt gewesen. Ich erinnere mich aber nicht an einen schwedischen Pathologen. Taubstumm, sagten Sie?“

„Ja“, antwortete der Journalist. „Ist aber nicht relevant. Wichtiger ist viel mehr: Wo könnten sie sein?“

„Ich denke darüber nach“, versprach Frau Direktorin, „morgen früh, wenn ich wieder nüchtern bin.“

Sie nahm noch einen kräftigen Schluck und man vereinbarte einen Treffpunkt für den nächsten Morgen. Frau Direktorin musste vorsichtig sein, damit ihr keine Journalisten folgten.

Das war sie auch. Am nächsten Morgen lief sie zweimal um den Block und durch einen kleinen Park, um zu sehen, ob jemand hinter ihr war. Die Luft schien rein. Sie gelangte schließlich zum Wagen des Journalisten. Als er losfuhr, fragte er nach dem Ziel.

„Rauf zum Fundort", sagte Frau Direktorin.

„Aber da oben gibt es ja nichts außer Schnee", war der Journalist besorgt.

Frau Direktorin beruhigte ihn, dass es zunächst reiche, bis ins letzte Dorf zu fahren.

Er wollte wissen, warum sie glaube, dass die Gesuchten ausgerechnet dort seien.

Sie erzählte von ihrer Vermutung, dass der Pathologe dem Eismann sicher ein möglichst stabiles Umfeld bieten wolle. Er müsse sich sicher fühlen.

Ötzi hatte sehr unruhig geschlafen in dieser Nacht. Am Abend davor hatte er nichts gegessen. Der Pathologe beauftragte deshalb Dimitri, ins Tal zu fahren, um frische Brötchen und Schokoladecreme zu besorgen. Dimitri nahm das Motorrad und fuhr hinunter zu der kleinen Bäckerei im Ort vor dem Talschluss. Als er sein Motorrad direkt vor dem Geschäft abstellte, entdeckte ihn der Journalist, der mit der Direktorin im Gasthaus gegenüber bei einem Kaffee auf der Lauer saß.

Jetzt brauchten die beiden nur mehr zu wissen, wo er hinwollte. Als er losfuhr, folgten sie ihm in sicherem Abstand.

Oben wunderte sich der Pathologe, wieso Dimitri so lange brauchte. Vor allem deshalb, weil ihm so war, als habe er das Motorrad gehört und dann nicht mehr. „Es wird ihm wohl nichts passiert sein?", dachte er und überlegte, ihm zu Fuß entgegenzugehen. Plötzlich war das Motorrad aber erneut zu hören. Dimitri kam das letzte Teilstück des Schotterweges entlang. Er bemerkte sofort das besorgte Gesicht des Pathologen.

„Bin verfolgt worden", erklärte er seine Verspätung.

„Was? Von wem?“, wollte der Pathologe sofort wissen.

„Dem Journalisten und Frau Direktorin, was die Interviews gibt im Fernsehen“, sagte Dimitri.

Erst jetzt bemerkte der Pathologe, dass in Dimitris Rucksack, den er zum Einkaufen mitgenommen hatte, auch seine Kalaschnikow steckte.

„Du hast doch nicht etwa?“, sagte der bestürzte Pathologe und zeigte auf das Maschinengewehr.

„Nein, keines Sorge. Habe sie damit nur gebeten, aus dem Auto zu steigen.“

„Und dann?“ Der Pathologe war extrem angespannt.

„Sie umarmen jetzt gemeinsam ein Baum. Unten in Wald.“

Der Pathologe rief Charly Weger zu sich und wies ihn an, er möge Ötzi Frühstück vorbereiten. Er gab ihm das Brot und die Schokocreme. Dann zwang er Dimitri, ihn zu den beiden Besuchern zu bringen.

„Und das war also der taubstumme schwedische Pathologe?“, fragte Frau Direktorin den Journalisten auf der anderen Seite der dicken Lärche, an die beide mit Handschellen gefesselt waren. „Der Akzent klang ziemlich russisch und laut für einen Taubstummen.“

„Ich verstehe das nicht“, meinte der Journalist und dachte über einen Ausweg aus der akuten Misere nach.

Beiden war klar, dass um Hilfe zu rufen wohl zu viel Aufsehen erregen würde. In dieser alpinen Gegend würden sofort der Bergrettungsdienst und die Carabinieri alarmiert werden und dann schwirrten die hier alle in der Nähe des zur Zeit wohl meistgesuchten Mannes der Welt herum. Also war das absolut keine Option und für ihre Mission sehr schädlich. Da half wohl nur, abzuwarten.

Und tatsächlich, der Russe kam zurück mit dem Pathologen am Sozius. Die beiden Rentner stiegen ab und Dimitri bekam sofort die Anweisung, beide freizulassen. Das erledigte er, nahm aber trotzdem die Kalaschnikow aus dem Rucksack. Für das bessere Gefühl.

„Es tut mir leid, Frau Direktorin", entschuldigte sich der Pathologe, „aber wir sind alle etwas nervös in diesen Tagen." Dabei schaute er böse auf Dimitri. „Das verstehen Sie sicher."

„Naja", Frau Direktorin sah das Ganze nicht so entspannt, „bei dem, was Sie angerichtet haben, verstehe ich, dass Sie nervös sind." Sie begann eine heftige Tirade an Vorwürfen. Wegen des Diebstahls der Gletscherleiche und der unautorisierten Durchführung von Experimenten. Man solle dem Pathologen sofort den Doktortitel aberkennen.

„Sie sollten Ottsi persönlich kennenlernen!", schrie Dimitri sie an, damit sie sich beruhigte.

„Und Sie haben sicher jede Menge wissenschaftlicher Fragen", ergänzte der Pathologe.

Als der Molekularbiologe, der Journalist und die Direktorin des Archäologiemuseums in Begleitung des Pathologen die Hütte erreichten, empfing sie der Brite vor dem Eingang. „Wer ist das?", wollte er wissen.

Dimitri antwortete, noch bevor der Pathologe einatmen konnte: „Zwei Neugierige, mit denen wir erst die Bedingungen aushandeln sollten." Er tippte mit der rechten Hand an den Griff der Kalaschnikow und deutete auf den großen Holztisch vor der Hütte. Alle setzten sich, inklusive des Engländers.

Während draußen vor der Hütte die Besucher auf absolutes Stillschweigen eingeschworen wurden, kam der Eismann aus dem Zimmer zu Charly Weger in die Stube. Er sah traurig aus und hatte sein ansteckendes Lächeln verloren, was Charly Weger komplett verrückt machte. In seiner Ohnmacht schaltete er Ötzi das TV-Gerät ein. Er vergaß in dieser Sekunde, dass die anderen das absolut verboten hatten.

Natürlich war der Eismann jetzt nicht nur TV-Zuschauer, sondern auch das zentrale Thema. Der Medientenor war an diesem Tag stark auf die Bedrohungslage durch kupferzeitliche Bakterien- und Virenüberträger fokussiert. Eine Angst, die von den vereinigten Populisten der zunehmend unzivilisierten Welt gegen das universal-verantwortliche Establishment geschürt wurde. Eine Angst, die bei den dumpfen Konsumenten ihres Hirnschrotts auf offene, direkt durch einen Hohlraum verbundene Ohren stieß. Ötzi: das Monster. Das verstanden auch die Menschen mit geringem IQ. Die Medien versteckten sich als Spielemacher hinter der moralischen Entschuldigung der Pflicht der Aufklärung.

Bei *Luh An* verdunkelten sich die Gedanken immer mehr. Er erkannte, dass die Menschen langsam aggressiver wurden. Er sah über dieses Bildgerät, wie sie lautstark forderten, man müsse so jemanden einsperren. Sie beschuldigten das Fernsehen, ein ganzes Studio voller Zuseher der Gefahr eines Axt-Angriffs ausgesetzt zu haben. Und er sah schließlich einen Archäologen, der befand, dass man dieses Wesen nicht wirklich als Menschen im heutigen Sinn bezeichnen konnte. Charly Weger schrie einen schrillen Ton und hackte mit dem Kupferbeil in das TV-Gerät. Dann beruhigte er den Eismann.

Draußen kam es dem Pathologen vor, als hätte er etwas aus dem anderen Zimmer gehört. Zeitgleich nahm er aber auch ein lautes summendes Geräusch wahr. Eine Drohne schwebte ein paar Meter hinter ihnen über dem Tisch. Dimitri drehte sich reflexartig um und schoss sie ab.

Das Fluggeräusch wurde aber noch um vieles lauter. Ein Helikopter schwebte über der Berghütte. Dimitri rannte weiter nach vorne an den Begrenzungszaun. Der Pathologe sprang ihm nach und schrie ihn an: „Du schießt nicht!"

Als beide hinunterblickten zum Schotterweg, sahen sie einen Konvoi mit dunklen Geländewagen. Das Observationsteam 1 mit Verstärkung hatte seit Tagen den Auftrag, die Direktorin nicht aus den Augen zu lassen. Oben im Helikopter sahen die Agenten zwei Männer an der Hintertür der Hütte herauslaufen. Beide trugen einen Bart. Sie liefen in unterschiedliche Richtungen. Ein Agent gab dem Piloten die Anweisung: „Verfolgen, wir dürfen ihn nicht verlieren! Und dann festnehmen!"

„Welchen der beiden?", fragte der Pilot.

„Den mit der Axt und dem Bogen natürlich!", schrie der Agent.

Vor der Hütte wurden von einem italienisch-amerikanischen Einsatzteam vier Männer und eine Frau festgenommen und in die Geländewagen gebracht.

3 Das Ende

Unten im Tal war die riesige Garage der Pistenpräparierungsgeräte leergeräumt und eine Einsatzzentrale eingerichtet worden. Der Pathologe, der Molekularbiologe, der Tourist, die Direktorin und der Journalist wurden hineingeführt und trafen in einem improvisierten Verhörraum auf Commissaria Gambalunga und den Quästor. Zudem standen noch weitere Herren in dunklen Anzügen herum.

„Frau Direktorin", sagte Commissaria Gambalunga sofort. „Ich bin enttäuscht von Ihnen. Wie können Sie bei einer illegalen Aktion mitmachen?"

„Moment!", rief der Pathologe. „Das einzig Illegale, das ich hier sehe, ist, dass Sie uns hier gegen unseren Willen festhalten!" Der Pathologe wurde leiser, sah Dimitri an und sagte demütig: „Mit Ausnahme vielleicht des Tragens von historischem Kriegsgerät."

„Genau!", sprang der Journalist in die Bresche: „Ein Skandal ist das. Dieser Mann ...", er zeigte mit dem Finger auf den Pathologen, warf sein langes Haupthaar mit einer Kopfbewegung zurück und fuhr fort: „... hat nur das getan, was er dem Hippokrates geschworen hatte: alles in seiner Macht Stehende, um ein Menschenleben zu verlängern." Diese Passage gefiel dem Journalisten so gut, dass er weiter improvisierte und noch einen draufsetzte: „Und in dem Schwur steht nichts davon, dass das nicht mehr gilt, wenn der Mensch seit 5300 Jahren tot ist!"

Die Sicherheitsmenschen standen mit offenen Mündern da. Der Brite applaudierte und bat den Journalisten, sich das Plädoyer von eben ganz genau zu merken, um es den besten Anwälten der Nation, die schon unterwegs waren, genau so wiederzugeben.

Der Engländer hatte außerdem auf der Talfahrt per Handy eifrig die intelligentere Hälfte seiner Verwandtschaft, die bis ins englische Königs- und Oberhaus reichte, mobilisiert. Das trug Früchte.

Einer der Herren im dunklen Anzug spürte ein starkes Vibrieren in der Hose. Am Handy verlangte eine Stimme, die ihm bekannt vorkam, umgehend den Quästor zu sprechen. Der stand sofort stramm. „Buongiorno, Signor Presidente!", war das Erste, das er sagte. Es folgte ausschließliches Zustimmen. Zum Schluss verstieg sich der Quästor noch in einer schleimigen Verabschiedung in den Aftermuskel seines Gesprächspartners. Als er aufgelegt hatte, bat er die Commissaria zu sich und gab ihr Anweisungen.

Ziemlich verstört wandte diese sich wieder an die Gruppe der Festgenommenen: „Sie können erst mal gehen. Sie sind frei." Mehr sagte sie nicht.

„Moment!" Dieses Mal trat Frau Direktorin energisch hervor: „Was haben Sie mit Ötzi vor?"

„Das geht keinen Zivilisten etwas an", erwiderte die Commissaria.

Der Protest der Gruppe ging etwas unter in dem hektischen Tumult, der jetzt in der Einsatzzentrale herrschte. Der Helikopter landete am Parkplatz vor dem Gebäude. Der Satz „Wir haben ihn!" machte die Runde. Drei Agenten brachten den Gefangenen herein. Es war Charly Weger. Ein vierter Beamter trug das Kupferbeil und den Bogen des Eismannes. Charly war total verschwitzt vom vielen Laufen, aber glücklich, dass sein Plan aufgegangen war.

Luh An hatte sich indes unweit der Hütte ganz nah an einen Felsen gelegt und gewartet, bis der laute Vogel weg war. Erst dann lief er weiter hinauf Richtung Tisenjoch.

Charly Weger war brillant in der Rolle des Ötzi. Intuitiv drehte sich die ganze Gruppe zu dem Pathologen um, damit ihr hämisches Lächeln nichts verrate. An der Wand, zu der sie sich gedreht hatten, hingen zwei TV-Monitore, auf denen CNN und sein italienisches Pendant liefen. Alle fünf klebten mit ihren Blicken an der Laufschrift. BREAKING NEWS: ICEMAN CLOSE TO BE CAPTURED.

Es waren Aufnahmen aus einem Helikopter zu sehen, von einem Mann, der einen Berg hinaufrannte. Der Hubschrauber flog näher heran. Es war der echte Eismann, ohne Zweifel.

Jetzt wurden auch andere in der Halle auf das Geschehen am TV-Bildschirm aufmerksam. Der Helikopter der Geheimdienste bekam Befehl zum Start. Die Agenten verloren das Interesse an Charly Weger. Dimitri nahm ihn zur Seite und besprach etwas mit dem Briten, der ihm ein Handy gab. Sie beschlossen, nicht tatenlos hier warten zu wollen. Der Pathologe, unterstützt vom Journalisten und der Direktorin, bat inständig, den Wahnsinn zu beenden. Die Behörden waren jedoch davon überzeugt, den Eismann in Gewahrsam nehmen zu müssen. „Dann tut wenigstens etwas gegen den Fernseh-Helikopter!“, schrie der Pathologe Commissaria Gambalunga an.

Ötzi war sehr geschickt im Abhängen der Hubschrauber. Aber immer, wenn er versuchte, seinen Weg fortzusetzen, dauerte es nicht lange und sie waren wieder über ihm. Laut kreischend.

Das Wetter verschlechterte sich zusehends, bis es sogar anfing zu schneien. Das Schuhwerk war nicht gut für dieses Wetter und diesen Ort. *Luh An* wünschte sich, er würde seine eigenen Schuhe tragen. Er wünschte sich, er hätte sein Kupferbeil dabei. Er müsse dieses Mal wohl noch viel weiter hinauf.

Ganz hinauf, wo der Berg den Himmel berührte. Vielleicht fand *Luh An* dort oben das, was ihm den Weg leuchtete. *Luh An* bedeutete ja schließlich erleuchteter Mann. Es musste ja etwas geben, das die Menschen wieder friedlich machte.

Der Eismann schwitzte, fror und zitterte am ganzen Leib vor Erschöpfung. Der Schnee fiel so leise auf die Welt und auf *Luh An*. Nur dieser große Vogel wurde immer lauter. Er kam näher, und da saß ein Mann an der Seite und richtete ein Gerät mit einem großen Glasauge auf ihn.

Der Eismann wich zurück. Unter ihm der Schnee auf einer Steinplatte.

Der Sturz war eindeutig zu sehen in der Leitstelle. Es waren achtzig Meter, bevor er aufschlug.

Der Pathologe hatte sofort Tränen in den Augen. Im Raum wurde es still. Unendlich still.

Epilog

Der Pathologe ging zur Tür hinaus über die Wiese in Richtung der einsamen Lärche. Er nahm sein Handy aus der Tasche. Wählte die Nummer von Dimitri.

Dimitri nahm den Anruf entgegen in einem Rettungswagen, der unweit der Absturzstelle stand. Er saß am Steuer des Wagens, am Beifahrersitz Charly Weger. Beide trugen Sanitäterbekleidung.

„Wir brauchen wieder ein Labor", hörte Dimitri am anderen Ende der Leitung den Pathologen sagen.

„Und einen Untersuchungsobjekt", sagte Dimitri und fuhr los.

Inhalt

Zu guter Letzt: Danke

Ich danke all jenen, die mich in den letzten Jahren, speziell in den Tagen des Schreibens, inspiriert haben. Jenen, die es ungewollt aus der Ferne machten, aber auch jenen aus meinem direkten Umfeld. Ich danke vielen in meinem Umkreis – und das wirklich aufrichtig – für das Verständnis für mein zeitweise asoziales Abtauchen in diese Geschichte, speziell an Orten und Momenten, die eigentlich zum Kommunizieren geschaffen sind. Aber Charly Weger ist es wohl wert, oder? Ich danke auch den Testleserinnen und Testlesern; weil aber noch unklar ist, wie das Buch bei allen anderen ankommt, ist es wohl besser, sie bleiben einzeln unerwähnt. Danke trotzdem für die fast ausschließlich anspornenden Feedbacks.

Ein ganz großer Dank gilt natürlich dem Team von Raetia – Wilfried, Eva und den anderen: einmal für den Mut, so eine schräge Geschichte ins Programm zu nehmen, und zum Zweiten natürlich für die mehr als tolle Zusammenarbeit. Das gilt selbstverständlich auch für die Lektorin Verena Zankl, für ihre anfängliche Streichwut, die konstruktive Auseinandersetzung und hohe Kompromissbereitschaft.

Und schließlich geht ein ganz spezieller, unbeschreiblicher Dank an meine zwei Lieblingsmenschen.

Gernot Werner Gruber
Die unglaubliche Reise des Bruder Luh, früher bekannt als Ötzi
Reanimo, Band II

Franz. Broschur | 13,5×20 cm | ca. 256 Seiten
ISBN 978-88-7283-620-0
ca. Euro 17,90
erscheint voraussichtlich 2018

Bruder Luh

„Du hast das Ave-Maria heute wieder wunderbar gesungen, Bruder Karl", sagte der Abt sehr süßlich. Charly Weger hatte sich immer noch nicht daran gewöhnt, dass man ihn hier im Kloster bei seinem Taufnamen rief. Das war zuletzt in der Pflichtschule so gewesen. Das wiederum war viel zu lange her, um sich zu erinnern. Gerade bei jemandem wie Charly Weger, der es seit einiger Zeit ganz und gar nicht mehr mit dem Erinnern hatte. Aber sein Freund half ihm auch dieses Mal.
„Schönes Ave", sagte sein Kumpan und klopfte ihm zwischen die Beine.
Charly Weger stoppte seinen Löffel kurz vor dem Mund und murmelte ein „Des Herrn Dank ist das spärliche Brot des armen Mannes" in die Runde. Es zauberte all den bärtigen Patres an der langen Tafel ein Lächeln ins Gesicht.
„Ihr seid heute genau ein halbes Jahr bei uns!" Der Abt gab nicht auf. Er wollte die einzigen beiden, die keinen Bart trugen, in ein Gespräch verwickeln. „Auch wenn man die Zeit halbiert, vergeht sie", sagte Charly Wegers Freund, den alle Bruder Luh nannten. Niemand ahnte, welch stolzes Alter er und seine Weisheiten in sich trugen.